Stephano

Turbulenzen

TURBULENZEN

BAND ZWEI DER GAYSTORYS

STEPHANO

Ministerium für
Kultur und Wissenschaft
des Landes Nordrhein-Westfalen

Gefördert durch ein Künstlerstipendium im Rahmen
der NRW-Corona-Hilfen

Bibliografische Information der Deutschen Nationalbibliothek: Die Deutsche Nationalbibliothek verzeichnet
diese Publikation in der Deutschen Nationalbibliografie;
detaillierte bibliografische Daten sind im Internet über
dnb.dnb.de abrufbar.

Lektorat: Anne Ameling
Cover, Layout und Satz: Herrn Meyers Buchmacherei
(Coverfoto: Christopher Campbell, Unsplash)
Schlussredaktion: Amelie Soyka

Herstellung und Verlag:
BoD - Books on Demand, Norderstedt
ISBN: 978-375-573-880-0
Auch als E-Book erhältlich.

EINS

ALS TOM IN die Stadt zurückkehrte und die Tür zu seiner WG aufschloss, hatte er endlich wieder das Gefühl, zu Hause zu sein. Jetzt erst spürte er die Anspannung, die in den vergangenen Tagen auf ihm gelastet hatte. Er war mit Joschi zum Ende der Semesterferien spontan ein paar Tage an die Nordsee gefahren, nachdem sich der Winter zum Glück verabschiedet hatte. Und obwohl sie immer wieder vor Wind und Regen in ihre Pension geflüchtet waren, hatte ihm der Ortswechsel im Prinzip gutgetan. Sie hatten lange Spaziergänge am Strand gemacht und sich zum Lesen in das große Bett verzogen. Aber so tief Tom auch zeitweise in die Zweisamkeit eingetaucht war – das Ganze hatte sich für ihn eigentlich zu sehr nach einer festen Beziehung angefühlt. Dazu war er einfach noch nicht bereit. In seinem neuen Leben in der Stadt wartete noch so viel auf ihn! Er wollte einfach keine Fesseln, die ihn davon abhielten, all das zu entdecken.

Joschi hatte ihn an diesem Sonntagabend in der Südstadt abgesetzt, um das ausgeliehene Auto zu Freunden zurückzubringen, die am Stadtrand lebten. Tom packte gerade seinen Rucksack aus, als seine Mitbewohnerin Jula den Kopf durch die Tür steckte.

»War's schön?«, fragte sie.

Tom wohnte jetzt seit einem halben Jahr mit Peter

und ihr zusammen und hatte in den beiden echte Freunde gefunden. Er wusste, dass viele WGs einfach Zweckgemeinschaften waren, in denen man aneinander vorbeilebte. Bei ihnen war das anders. Vor allem nach seinem etwas wüsten Outing im Herbst, bei dem ihn die beiden unterstützt hatten, konnte er sich keine anderen Mitbewohner mehr vorstellen. Mit Peter und Jula hatte er im Januar seinen einundzwanzigsten Geburtstag gefeiert.

Sie teilten ihr Leben miteinander und waren füreinander da.

»Wir haben uns den Wind um die Ohren blasen lassen«, sagte Tom und wandte sich mit seiner schmutzigen Wäsche im Arm zu Jula um.

»Das war hoffentlich nicht alles, was geblasen hat«, meinte Jula augenzwinkernd. »Oder habt ihr euch gestritten?«

Tom lachte. »Wie kommst du denn darauf?«

»Ich hatte gedacht, dass ich Joschi heute auch noch sehe.«

»Der kommt später vorbei.«

Jetzt bemerkte Tom das unruhige Flackern in Julas Augen und die gerötete Haut am Hals. Sie wirkte aufgewühlt.

»Ist bei dir alles in Ordnung?«, fragte er. »Du siehst irgendwie durcheinander aus.«

»Ach!« Jula winkte ab. »Peter und ich haben uns gezofft.«

Sie strich sich durch die Haare, als könne sie dadurch die Indizien für ihre Unruhe verstecken.

»Lass Tom doch da raus!«, murmelte Peter, der jetzt auch in Toms Zimmer blickte. »Schön, dass du wieder da bist.«

6

»Was ist denn passiert?«, wollte Tom wissen.

Peter schüttelte abweisend den Kopf, doch Jula verdrehte die Augen.

»Wir müssen es ihm sagen«, sagte sie zu Peter. »Sonst steht er in der nächsten Zeit völlig auf dem Schlauch, wenn wir uns aus dem Weg gehen.«

»Müssen wir uns wirklich aus dem Weg gehen?«

»Na, du bist es doch, dem das unangenehm ist.«

»Was ist denn los?«, fragte Tom erneut, den diese ungewohnte Anspannung zwischen seinen Mitbewohnern alarmierte. »War Finn wieder hier und hat eine Show abgezogen?«

Mit Finn verband die drei eine besondere Beziehung. Er war mit Peter und Jula befreundet und hatte sogar eine kurze Zeit in der WG gewohnt. Mit ihm war Peter einmal im Bett gelandet. Und Finn war es auch gewesen, der Tom mit seinen jetzigen Mitbewohnern bekannt gemacht hatte, nachdem sie sich bei einer anderen WG-Besichtigung getroffen hatten. Mit Finn hatte Tom außerdem seinen ersten schwulen Sex gehabt, was fantastisch gewesen war. Allerdings war Finn danach ziemlich abgedreht und hatte Tom eine Weile gestalkt. Hin und wieder tauchte er immer noch wie aus dem Nichts auf und meinte, Toms volle Aufmerksamkeit beanspruchen zu dürfen.

Aber Jula lachte. »Wenn es Finn gewesen wäre, würde Peter vermutlich entspannter damit umgehen.«

»Du spinnst doch!«, wehrte sich Peter ärgerlich. »Ich hätte jetzt auch ein Problem, wenn Finn mir den Schwanz gelutscht hätte.«

Die Worte schnitten durch die Luft wie ein heißes Messer durch ein Stück kalte Butter. Tom sah erstaunt zwischen den beiden hin und her.

»Jula hat dir den Schwanz gelutscht?«, fragte er Peter ungläubig. Dann brach er in Lachen aus. »Und was ist mit Kein Sex mit den Mitbewohnern?«

Ihr enges Zusammenleben funktionierte auch deshalb so gut, weil sie diese strikte Regel aufgestellt hatten. An Jula hatte Tom natürlich kein Interesse und Peter hatte für sich nach dem Experiment mit Finn herausgefunden, dass er eindeutig hetero war. Und bis heute hatte Tom geglaubt, dass auch zwischen Peter und Jula alles geklärt sei.

Er schob sich zwischen den beiden hindurch in den Flur. Er brauchte jetzt ein Bier auf den Schreck. Der Kühlschrank war fast leer, aber in dem kleinen Vorratsschrank lagen noch ein paar warme Flaschen.

»Es ist nicht das, was du denkst«, sagte Peter, der ihm folgte und die Flaschen in den Kühlschrank räumte, als hätte er ein schlechtes Gewissen, das Bier nicht für Tom gekühlt zu haben.

»Statt aneinander herumzuspielen, hättet ihr mal lieber einkaufen sollen«, stellte Tom fest.

»Hör doch auf, zu frotzeln!«, sagte Peter leicht gereizt. »Als wenn du irgendwas anbrennen lassen würdest.«

»Was ist denn dann das Problem?«, fragte Tom weiter und machte sich ein warmes Bier auf. »Ist einer von euch schwanger?«

»Kathi ist das Problem«, sagte Jula. »Peter ist der Abend jetzt unangenehm und seine Freundin soll nichts davon mitkriegen.«

Peter stöhnte. »Ist das so absurd? Wenn Kathi davon erfährt, macht die mir die Hölle heiß.«

Tom trank einen Schluck und schüttelte sich. Warmes Bier war schon ziemlich ekelig.

»Warum macht ihr so ein Ding daraus?«, fragte er, während er überlegte, ob er das Bier wegschütten sollte. »Statistisch gesehen geht fast jeder irgendwann mal fremd.«

Jetzt lachte Peter. »Willst du jetzt die angeblich so verbreitete schwule Promiskuität ins Feld führen? Entschuldige, aber das ist nicht dein Stil.«

In diesem Moment klingelte es an der Tür und kurz darauf stand Joschi im Flur. Peter und Jula begrüßten ihn freudig. Er hatte ihnen den klassischen Sanddornschnaps von der Insel mitgebracht, der dort einfach nur Karnickelpisse hieß und auch genauso schmeckte. Jula verzog das Gesicht, als sie an ihrem Glas nippte, wohingegen Peter von dem Gesöff ganz angetan war.

»Aber jetzt mal ehrlich«, griff Peter das Thema noch einmal auf. »Kathi darf davon echt nichts erfahren.«

»Wovon?«, fragte Joschi neugierig und kippte sich noch ein Glas Karnickelpisse in den Mund.

»Jula hat ihm den Schwanz gelutscht«, sagte Tom süffisant. »Dabei haben wir doch diese WG-Regel. Kein Sex und so. Das hat Peters Schwanz vergessen.« Er zwinkerte Peter zu. »Darf ich dann auch mal?«

»Können wir bitte aufhören, über meinen Schwanz zu reden?«, sagte Peter genervt. »Ihr seid ja alle völlig sexfixiert.«

Jula kicherte, als sie sich ein Glas Wein einschenkte und sich an den Küchentisch setzte. »Wenn hier einer auf Sex fixiert ist, dann bist du das«, warf sie ein. »Ich wollte Freitag einfach nur gemütlich einen Film gucken.«

»Das war ein Porno, kein Film!«, konstatierte Peter.

»Ein guter Spielfilm mit ein bisschen Sex«, berichtigte Jula ihn. »Ich konnte ja nicht ahnen, dass du so empfindsam bist.« Sie sah Tom an. »Kennst du *Shortbus*?«

Tom nickte kurz und warf Joschi dann einen vorsichtigen Blick zu. Ihre lockere Affäre, die sie seit dem letzten Herbst führten und in der sie beide keine Ansprüche an den anderen stellten, war für Tom perfekt, denn sie hatten sich darauf geeinigt, Freunde zu sein, ganz egal, was passierte. Freunde, mehr nicht. Oder auch Freundschaft plus. Aber es war eben keine richtige Beziehung. Joschis Blick verriet, dass ihn dieses Gespräch befremdete. War er vielleicht doch nicht so locker und offen, wie er vorgab? Schon in den letzten Tagen auf der Insel hatte Tom so eine Ahnung gehabt.

Nachdem Jula doch noch kurz berichtet hatte, wie sie während des Films die Erektion in Peters Hose entdeckt hatte, und Peter gerade noch verhinderte, dass sie weiter ins Detail ging, wechselten sie das Thema. Tom und Joschi erzählten von der autofreien Nordsee-Insel, schwärmten von den schönen Stränden und den gewöhnungsbedürftigen Insulanern und tranken zum Abschluss noch ein Glas Karnickelpisse mit den anderen. Dann zogen sie sich in Toms Zimmer zurück.

Als Tom die Tür zugezogen hatte, umfasste Joschi ihn von hinten, drängte sich an ihn und schob seine Hände vorne in Toms Jeans.

»Du würdest also gerne Peters Schwanz lutschen?«, fragte er und knabberte an Toms Ohrläppchen.

Der bekam sofort eine Erektion. Er wusste, was Joschi mit seinem Schwanz machen konnte. Joschi kannte ihn einfach zu gut. Tom stöhnte wohlig.

»Hast du Peter schon mal nackt gesehen?«, fragte er zurück.

Joschi umfasste Toms Erektion und zog die Vorhaut zurück. Mit den freigelegten Nervenenden, die jetzt an den Boxershorts rieben, stieg Toms Lust weiter an.

»Sein Body ist schon ziemlich heiß«, hauchte Joschi ihm ins Ohr. »Er macht halt viel Sport und ich habe ihn ein paarmal gesehen, wenn er aus dem Bad kam.«

Joschi zog die Hände wieder aus der Jeans und öffnete jetzt Toms Gürtel, knöpfte die Hose langsam auf und biss ihm leicht in den Hals.

»Aber ich kenne da einen Mann, den ich viel heißer finde!«

Tom lachte leise und wandte sich zu Joschi um. Sie sahen sich in die Augen, und als er sich an Joschi drängte, um ihn zu küssen, spürte er auch dessen Erektion gegen die Hose drücken.

»Dann zieh dich aus!«, hauchte er Joschi ins Ohr.

Der löste sich von Tom, zog den Reißverschluss seiner Jeans auf, riss sich Pulli und T-Shirt über den Kopf und ließ dann seine Hose auf die Knöchel rutschen. Er stieg aus dem Berg Stoff, zog sich die Boxershorts runter und stand nackt vor Tom. Tom liebte diesen Körper vor sich. Er liebte ihn schon seit einem halben Jahr und hatte sich auch in den Jahren davor unbewusst immer wieder nach ihm gesehnt, in der Zeit zwischen der etwas missglückten Abiturfeier, nach der sie sich voneinander entfernt hatten, und dem zufälligen Wiedertreffen in ihrem Heimatdorf.

Joschis Haut war nach dem Winter blass und nur da, wo er in den letzten Tagen am Meer ein bisschen Sonne bekommen hatte, war er leicht gebräunt. Er war schmal, der Bauch flach, die Brust ebenfalls. Tom war kräftiger gebaut und kämpfte in unregelmäßigen Abständen gegen ansetzende Polster. Er hasste Sport und war manchmal ein bisschen neidisch auf die gut gebauten Männer, die am Wochenende in der Szene abhingen, während sie vermutlich den Rest der Woche in irgendeinem Fitnessstudio ihre Muskeln stärkten. Aber im Grunde hatte er gar nicht den Anspruch, einen makellosen Körper zu haben. Und Joschis war in seinen Augen sowieso perfekt.

Seine Aufmerksamkeit war jetzt allerdings ganz von der schräg nach oben ragenden Latte zwischen Joschis Beinen in Anspruch genommen. Obwohl er diesen Körper im vergangenen Winter so oft nackt gesehen und bis in alle Winkel erkundet hatte, konnte er nicht genug von ihm bekommen. Schnell zog er seine Klamotten auch aus, sein Glied reckte sich nun ebenfalls in die Höhe. Joschi trat auf ihn zu und ihre Eicheln berührten sich sanft. Gleichzeitig griffen sie zu ihren eigenen Schwänzen und rieben sie aneinander. Joschis Penis sonderte einen ersten Tropfen ab, der die Berührung sofort etwas glitschiger machte. Joschi rückte noch ein wenig näher an Tom heran und umfasste mit seinen schmalen Händen jetzt beide Schwänze. Tom stöhnte bei der Berührung mit der kalten Hand auf. Jetzt trat auch aus seiner Eichel ein Tropfen aus, begleitet von einem angenehmen Schauer, der seinen Rücken entlanglief.

»Die Frage ist allerdings«, griff Joschi das vorherige Thema wieder auf, »ob Peter dich auch so gerne in die Hand nimmt wie ich.«

Er rieb die beiden Erektionen gleichzeitig und Tom genoss die Lust, die ihm von den Zehenspitzen bis in die Kopfhaut pulsierte. Er schloss die Augen und bewegte sein Becken vor und zurück. Joschis Handbewegungen wurden allmählich schneller. Er strich immer fester auf und ab und Tom wusste, dass er das nicht mehr lange aushalten würde. Doch kurz bevor er explodierte, hielt Joschi plötzlich die Hand still. Tom öffnete die Augen und sah Joschi fragend an. Der grinste breit. Dann rieb er weiter.

Tom spritzte seinen Samen mit einem tiefen Stöhnen in die Höhe. Wie ein elektrischer Stoß jagte die Lust durch seinen Körper und sein Schwanz zuckte immer wieder, während er seine Ladung auf Joschis Bauch, seine Erektion und die Hand, die beide fest umfing, hinausschoss. Dann war es vorbei und Tom atmete schwer aus.

Er öffnete die Augen und sah Joschi an. Der lächelte jetzt über das ganze Gesicht. Mit einem kurzen Blick bemerkte Tom, dass Joschi noch nicht gekommen war. Also zog er seinen besten Freund mit sich zur Matratze, die seit einem halben Jahr als Bett herhalten musste. Joschi legte sich hin, Tom wischte ihm das Sperma mit seinem T-Shirt von Fingern und Penis und griff dann nach der Erektion. Er wichste Joschis Schwanz, bis auch er mit einem lauten Seufzer in einer hohen Fontäne kam. Danach lagen sie etwas außer Atem nebeneinander auf der Matratze.

»Und? Willst du immer noch Peters Schwanz lutschen?«, erkundigte sich Joschi mit geschlossenen Augen.

»Nachdem ich jetzt weiß, dass die WG-Regel nicht mehr gilt, lasse ich es mal darauf ankommen«, antwortete Tom lachend und stürzte sich auf Joschi, um ihn durchzukitzeln.

Der wand sich unter Toms Fingern und bettelte darum, dass er aufhörte. Nach einer Weile ließ Tom von ihm ab, schnappte sich seine Shorts und ein frisches T-Shirt und zog beides an. Auch Joschi stieg in seine Boxershorts, um mit einer Zigarette an das offene Fenster zu treten. Sie schwiegen eine Weile. Joschi rauchte. Tom lag auf dem Rücken auf der Matratze und blickte zur Decke.

»Was ist das zwischen uns?«, stellte Joschi schließlich die unvermeidliche Frage.

Tom schossen sofort die Erinnerungen durch den Kopf. Es war gerade mal ein halbes Jahr her, dass er sich aus einer ähnlichen Beziehung freigekämpft hatte. Damals war es eine Frau gewesen. Pia. Mit der hatte er auch eine unverfängliche Affäre angefangen, die sich dann aber verselbstständigt hatte: Pia hatte sich in ihn verliebt, er war noch nicht geoutet gewesen. Und beinahe wäre er mit ihr in eine Einbahnstraße eingebogen. Haus bauen, Kinder kriegen, den langweiligen Job weitermachen. Doch das war nicht sein Leben. Er wollte frei sein. Seine Möglichkeiten ausloten. Aus der damaligen Welt war er in letzter Sekunde ausgebrochen. Auf keinen Fall wollte er erneut in so einer Sackgasse landen. Joschi hatte das immer akzeptiert. Bis jetzt jedenfalls.

»Was meinst du?«, fragte Tom zurück, um keine Antwort geben zu müssen.

»Freunde?«

Tom atmete erleichtert auf.

»Freunde«, sagte er.

ZWEI

SEMESTERANFANG. ZUM ZWEITEN Mal für Tom. Im ersten Semester hatte er nicht so wahnsinnig viel auf die Reihe bekommen, und daher hatte er sich einiges vorgenommen. Während er im Wintersemester vor allem mit sich und seinem Outing, der Stadt und dem neuen Leben beschäftigt war, wollte er jetzt im Studium ein bisschen Gas geben. Viele Leute hatte er im Winter an der Uni nicht kennengelernt, aber auf einen Kommilitonen freute er sich schon: Phil. Mit ihm hatte er vereinbart, wieder gemeinsam ein Literaturseminar zu belegen.

Sie trafen sich vor dem Seminarraum und begrüßten sich mit einer Umarmung. Erfreut drückte sich Tom an den Freund, der ihn lachend von sich schob.

»Ich freue mich auch, dich wiederzusehen«, sagte Phil, schlug Tom auf die Schulter und marschierte vor ihm in den Raum.

Sie fanden hinten rechts einen Tisch, an dem sie zusammen sitzen konnten, packten ihre Unterlagen aus und erzählten sich gegenseitig von den Semesterferien. Phil war zwei Wochen Skifahren in den Alpen gewesen, bei perfektem Schnee. Jeden Abend war er mit seiner Freundin Magdalena und anderen Leuten in irgendwelchen Klubs versackt.

»Wie kannst du Skifahren, wenn du jeden Abend saufen gehst?«, fragte Tom mit kraus gezogener Stirn.

15

»Reine Gewöhnung«, entgegnete Phil. »Mit Restalko-
hol im Blut kommt man die Pisten viel eleganter runter.«
Der Raum füllte sich allmählich und Phil wurde von
einer Studentin angesprochen. Er unterhielt sich kurz
mit ihr über eine Hausarbeit, die sie zusammen in einem anderen Seminar übernommen hatten, und fragte
einen anderen Studenten, wie die Zeit bei seinen Großeltern gewesen war. Tom fiel auf, wie oft Phil im Gegensatz zu ihm gegrüßt wurde. Im letzten Semester hatte er
sich fast in die Nesseln gesetzt, als er Phil im Glauben,
er sei schwul, angebaggert hatte. Doch der hatte ihm
das nicht übel genommen. Im Gegenteil: Er schien die
Freundschaft zu Tom zu genießen und bezog ihn ständig in die kurzen Gespräche mit den anderen ein.
Manchmal wünschte Tom sich, er hätte ein bisschen
was von der Leichtigkeit, mit der Phil durchs Leben
ging.

»Du bist halt der einzige Schwule, den ich wirklich
kenne«, hatte er am Ende des letzten Semesters zu ihm
gesagt, als Tom von einem bescheuerten Typen blöd an-
gepöbelt worden war und Phil sich demonstrativ an seine Seite gestellt hatte. »Und mir ist es doch egal, mit
wem meine Freunde ins Bett gehen. Das geht keinen
was an.«

Als die Dozentin in den Raum kam und sie sich auf
die Plätze setzten, fügte Phil seinen Ausführungen über
den Alkohol im Skiurlaub noch hinzu: »Außerdem ist
der Sex nach einem Tag auf der Piste phänomenal.«

»Wie bitte?«, hakte Tom leicht irritiert nach.

Phil beugte sich zu ihm herüber und flüsterte: »Skifahren ist so anstrengend und geht so in den ganzen
Körper und den Schwanz, dass sich der Sex danach viel
intensiver anfühlt.«

Er zwinkerte Tom zu und wandte seine Aufmerksamkeit dann der Dozentin zu. Tom erstaunte Phils Bemerkung. Über Sex hatten sie bislang nie gesprochen und Tom war sich auch nicht sicher, ob er von Phil mehr Details über sein Sexualleben erfahren wollte. Und jetzt erwähnte Phil ihm gegenüber seinen Schwanz, der sich, das hatte er bei der Begrüßung aus den Augenwinkeln sehen können, deutlich durch die für die Jahreszeit ziemlich dünne Stoffhose abgezeichnet hatte. Wollte Phil ihn anmachen oder dachte er einfach, ihre Freundschaft sei so eng, dass er mit ihm über solche Dinge reden könne? Tom war verwirrt, schob aber diese Gedanken schnell zur Seite, weil die Dozentin mit dem Unterricht begann.

Als es an die Verteilung der Seminararbeiten ging, fragte Phil, ob sie zusammen ein Projekt übernehmen sollten. Tom freute sich, denn er hatte das schließlich noch nie gemacht, und Phil versprühte zumindest den Anschein, als habe er einen Plan, wie sie vorgehen konnten. Also meldeten sie sich und bekamen gemeinsam ein Thema zugewiesen.

Nach dem Seminar holten sie sich einen Kaffee in der Cafeteria und setzten sich in die Sonne auf dem Campus. Kurz schoss Tom der Gedanke durch den Kopf, ihn auf diese komische Sexbemerkung anzusprechen, fand es dann aber peinlich, mit Phil darüber zu reden, und erzählte lieber von der kurzen Reise auf die Insel.

»Ich muss gleich los«, sagte Phil nach einer halben Stunde. »Vorlesung in Geschichte. Hast du Lust, übermorgen auf ein Bier rauszugehen? Dann kannst du mehr von der Nordsee erzählen.«

»Gute Idee«, antwortete Tom. »Ich muss auch noch mal zur Jobbörse und nach einem Job suchen.«

Im Winter hatte er neben dem BAföG noch von seinem Ersparten gelebt, jetzt musste aber zumindest ein kleiner Job her, damit er auch mal ausgehen konnte. So richtig Bock hatte er allerdings nicht auf die Jobsuche. Und er ahnte, dass das zu Semesterbeginn nicht so leicht sein würde, weil sich alle auf die wenigen Studentenjobs stürzten.

»Ich bin echt ein Idiot!« Phil schlug sich vor die Stirn und sah Tom an. »Ich wollte dich ja fragen, ob du Nachhilfe gibst.«

»Wem? Dir?«

»Nee. Ich bräuchte höchstens mal Nachhilfe in schwulem Sex«, antwortete er.

Tom schoss das Blut in den Kopf und er spürte, dass er tiefrot anlief. Um irgendwie davon abzulenken, zog er die Augenbrauen hoch und versuchte, Phil möglichst verständnislos anzusehen. Der brach in Lachen aus.

»Nicht praktisch«, erklärte er. »Eher theoretisch. Ich habe echt keine Ahnung, wie das geht.« Er schüttelte nachdenklich den Kopf. »Wir wissen einfach viel zu wenig von den Menschen, die wir mögen. Aber Spaß beiseite: Eine Freundin meiner Mutter hat einen etwas missratenen Sohn. Der braucht Nachhilfe in Deutsch und Englisch.« Phil kramte in seiner Tasche und zog schließlich einen Zettel raus. »Hast du Interesse?«

Tom suchte seine in alle Richtungen davongelaufenen Gedanken wieder zusammen und schluckte das Anzügliche, was Phil gerade von sich gegeben hatte, runter.

»In welcher Klasse ist der denn?«, fragte er mit trockenem Mund.

»Keine Ahnung. Der ist sechzehn, glaub ich.«

»Das krieg ich hin«, sagte Tom und nahm ihm den Zettel ab. »Hast du kein Interesse an dem Job?«

Phil tat, als wäre er völlig entsetzt:»Um Gottes willen, nein! Ich habe keine Geduld mit Jugendlichen.« Er zwinkerte Tom zu.»Ich muss los. Ruf die Mutter des Jungen am besten gleich an. Aber nimm dich vor ihr in Acht: Die ist ziemlich frustriert und gräbt jeden an, der männlich ist und gut aussieht.«

Phil hängte sich seine Tasche um, rief noch kurz »Wir sehen uns übermorgen« über die Schulter und eilte ins Hörsaalgebäude.

Tom sah ihm nach, bemerkte zum tausendsten Mal, seit sie sich kannten, den knackigen Hintern und versteckte das Gesicht in den Händen, als Phil aus seinem Blickfeld verschwunden war. Seit sich Tom dazu bekannt hatte, auf Männer zu stehen, sah er überall diese Hintern, fantasierte von Schwänzen und vermutete an jeder Ecke Sex. Als ob Phil ihn plötzlich einfach so angraben würde! Das war doch völlig bescheuert. Er war völlig bescheuert. Das musste ein Ende haben, sonst wurde er noch verrückt.

Was wollte er denn überhaupt? In dieser Stadt schien man jederzeit Sex haben zu können. Das hatte er bei seinen Ausflügen in die Szene festgestellt. Aber seine Fantasien spielten sich nur in seinem Kopf ab. Das war nicht real. Er legte eigentlich gar keinen Wert auf schnellen Sex, immer und überall, mit jedem. Aber wünschte er sich eine Beziehung? Es gab da noch so viele Möglichkeiten und Erfahrungen, die auf ihn warteten. Er konnte sich gar nicht vorstellen, wie sich eine Beziehung anfühlte. Er dachte an seinen Mitbewohner Peter mit seiner Kathi. Na gut, das war aktuell kein gutes Beispiel. Dann eben Phil und Magdalena. Wobei sich durch diesen Gedanken sofort wieder Phils Bemerkung über den Sex nach dem Skifahren in Toms Hirn bohrte.

Vielleicht war eine solide, monogame Beziehung zwischen Schwulen auch gar nicht möglich, weil doch alle immer wieder vom Sex mit dem nächsten Unbekannten träumten.

Tom zwang sich, seine Gedanken zu stoppen. Er betrachtete den Zettel in seiner Hand. Julian Schmitz stand darauf. Und eine Festnetznummer, hinter der in Klammern der Name Patrizia geschrieben war. Das war dann wohl die Mutter, vor der Tom sich in Acht nehmen sollte. Er atmete tief durch und zog sein Handy aus der Hosentasche.

Verwundert registrierte er, dass Finn geschrieben hatte. Er wollte wissen, ob Tom wieder in der Stadt sei und wann sie sich sehen würden. Weil Tom den Kontakt zu Finn lieber begrenzt hielt, um weitere Komplikationen zu vermeiden, löschte er die Nachricht, ohne zu antworten. Jetzt musste er erst mal bei dieser Patrizia Schmitz anrufen.

Zehn Minuten später war er für den nächsten Tag mit ihr und vor allem ihrem Sohn Julian verabredet. Tom wusste grob, dass der Stadtteil, den sie ihm genannt hatte, im Westen der Stadt lag, in der Nähe des Stadions, und dass es dort eine Siedlung mit ziemlich betuchten Mitbürgern gab. Die Bezahlung stimmte jedenfalls: Fünfundzwanzig Euro pro Stunde. Und bei einer Verbesserung von Julians Noten in Deutsch und Englisch im nächsten Zeugnis bekäme er einen Bonus von zweihundertfünfzig Euro pro Note und Fach. In dem Fall sollte es sich doch lohnen, den Jungen ein bisschen zu triezen.

DREI

MIT DEM FAHRRAD radelte Tom am nächsten Nachmittag durch den Stadtwald und am Stadion vorbei nach Westen. Die Häuser waren hier groß, standen frei und anhand der teuren Autos konnte er gut erkennen, dass es in diesem Stadtteil vermutlich wenig Geldprobleme gab. Vor einem 80er-Jahre-Bungalow hielt er an. Hier lebte also der angeblich so missratene Sechzehnjährige, dem er Nachhilfe in Deutsch und Englisch geben sollte. Tom war ein bisschen aufgeregt, weil er nicht wusste, was ihn erwartete. Er atmete tief durch und klingelte.

Patrizia Schmitz, die Mutter seines Nachhilfeschülers, war etwa Mitte vierzig und für Toms Geschmack ein bisschen zu aufgedonnert. Ihre Kleidung und die Frisur wiesen sie eindeutig als Teil der Oberschicht aus und der skeptische Blick, mit dem sie Tom durch die Glasscheibe der Haustür musterte, ließ nicht viel Gutes erahnen. Sie öffnete ihm und bat ihn übertrieben freundlich herein.

»Phil hat mir erzählt, dass Sie schon viel Erfahrung mit schwierigen Schülern haben«, sagte sie gleich zur Begrüßung, als sie ihn ins geräumige Wohnzimmer führte.

Tom schoss die Frage durch den Kopf, was Phil wohl sonst noch von ihm erzählt hatte, denn mit der Wahrheit hatte das, was die Dame des Hauses von ihm zu wissen meinte, nicht viel zu tun. Faktisch hatte er bloß einmal einem Mädchen aus der Nachbarschaft in seiner alten Heimat ein bisschen in Englisch unter die Arme gegriffen. Mit mäßigem Erfolg.

Das Haus war elegant eingerichtet. Schicke Möbel reihten sich aneinander, abstrakte Kunst schmückte die Wände und die pingelige Sauberkeit zeugte von einer eifrigen Putzfrau, die vermutlich nicht Patrizia Schmitz hieß. Durch die großen Fenster des Wohnzimmers konnte Tom einen ordentlichen Garten sehen, der am Ende von blickdichten Büschen gesäumt war.

Sie tranken schwarzen Tee mit Jasminaroma und Tom hielt den neugierigen Fragen der Mutter stand, bis endlich ein Junge aus der oberen Etage die Treppe her-untergeschlichen kam. Er wirkte mürrisch, als er Tom mit Handschlag begrüßte, ohne ihn anzusehen, und sagte kaum ein Wort, was seine Mutter mit einem ent-schuldigenden Lächeln quittierte. Schließlich stapfte er vor Tom die Treppe wieder nach oben, damit sie mit der Arbeit beginnen konnten.

Julians Zimmer glich ein wenig Toms früherem Ju-gendzimmer. Das Bett war nachlässig gemacht, der Schreibtisch war von einem großen Bildschirm und ei-ner teuren Gaming-Tastatur dominiert, daneben lagen Handy und Controller, in den Regalen standen ein paar Bücher und mehrere Pokale neben unordentlichen Pa-pierstapeln und Actionfiguren. An den Wänden hingen Fußballposter und in den Ecken erahnte Tom die schnell weggeräumten Klamotten, die vermutlich normalerwei-se mitten im Raum herumlagen. Julian setzte sich auf den Bürostuhl vor seinem Schreibtisch und drehte sich mit ausgebreiteten Armen einmal im Kreis, so als wollte er Tom damit eine Führung durch sein Reich bieten.

Jetzt erst konnte Tom den Jungen selbst genauer in Augenschein nehmen. Er war groß und offenbar schlank, versteckte sich aber in einer Baggy Pants und einem XXL-Hoodie. Seine Kleidung und seine Haltung drückten gleichermaßen Protest und Unsicherheit aus. In seinem Gesichtsausdruck lag die Bereitschaft zu einer gehörigen Portion Widerspruch gegen den Rest der Welt. Doch seine neugierigen, grauen Augen signalisierten Tom, dass er eine Chance hatte, zu ihm durchzudringen.

»Deutsch und Englisch also?«, fragte Tom und setzte sich auf den zweiten Stuhl, den ihm Julian zwar nicht angeboten hatte, der aber offensichtlich für Tom bereitstand.

»Hmmm ...«, grummelte Julian. »Meine Eltern finden, ich sollte mehr für die Schule tun.«

»Wie stehst du denn in den Fächern?«

»In Englisch bei einer glatten Drei.«

Das war ja jetzt nicht so schlecht, fand Tom.

»Und in Deutsch?«, bohrte er nach.

»Auf der Kippe zur Vier.«

»Und was willst du am Ende des Schuljahres auf dem Zeugnis haben?«

Julian schnaubte. »Fragen Sie doch meine Eltern.«

In dieser Familie gab es offenbar deutliche Unterschiede in der Erwartung an schulische Leistungen.

»Also erst mal bin ich Tom und ich schlage vor, dass wir uns duzen. Okay?«

Julian nickte langsam.

»Und dann interessiert mich, was du selbst willst.«

Julian warf Tom einen erstaunten Blick zu. »Und dann schauen wir mal, ob du mit meiner Unterstützung der Vorstellung deiner Eltern ein bisschen näher kommst.«

»Meine Eltern hätten am liebsten einen Streber, der nur Einsen schreibt.« Julian kritzelte mit einem Stift auf einem Collegeblock herum. »Mein Vater hat auf irgendso'ner Eliteuni studiert. Und da soll ich natürlich auch nach der Schule hin.«

»Und was willst du?«

Julian hob den Kopf und sah Tom zum ersten Mal direkt an. Seine Miene drückte Unverständnis aus. Diesem Jungen hört niemand zu, ging es Tom durch den Kopf.

»Ich?«, fragte Julian.

»Ja, was willst du?«

Julian sah fast panisch auf seine Finger und den Stift, blickte aus dem Fenster und ruckte etwas unbeholfen auf seinem Stuhl hin und her.

»Hat dich das noch keiner gefragt?«

»Mich fragt nie jemand nach meiner Meinung«, antwortete Julian kaum vernehmlich. Röte schoss ihm ins Gesicht. »Meine Nachhilfelehrer hat das auch nie interessiert. Die wollten immer nur den bescheuerten Notenbonus.«

»Mich interessiert es aber. Also: Was willst du?«

»Ich will, dass meine Eltern mich in Ruhe lassen.«

Immerhin sprach er jetzt endlich von sich selbst, wenngleich die Antwort noch nicht das war, was sich Tom erhoffte. Er wartete einen Augenblick, dann hakte er nach:

»Ist es dir denn selbst wichtig, in der Schule besser zu werden?«

»Damit ich mit der Scheiß-Elite studieren kann?«, entgegnete Julian. Er stöhnte. Dann schüttelte er den Kopf. »Ich weiß ja gar nicht, ob ich überhaupt studieren will.«

»Und wenn es jetzt erst mal nur darum geht, die nächsten Klassenarbeiten ein bisschen besser zu schreiben?«

Julian nickte misstrauisch.

»Was willst du denn nach der Schule machen?«, fragte Tom weiter.

»Weiß nicht. Das ist ja noch lange hin.« Julian stierte auf seinen Schreibtisch. »Vielleicht in die Krankenpflege.«

»Eine tolle Idee. Gute Krankenpfleger werden immer gesucht.«

Julian sah ihn erstaunt an. »Und das findest du nicht total bescheuert?«

»Nein, das finde ich überhaupt nicht bescheuert.« Tom beugte sich ein wenig zu Julian vor, bevor er fortfuhr: »Du musst nicht das machen, was deine Eltern von dir erwarten.«

»Pffft ...«

»Und mal angenommen, du machst nach der Schule eine Ausbildung zum Krankenpfleger ... Wäre es da nicht gut, wenn du dich auch mit ausländischen Patienten unterhalten könntest?«

Tom sah die Überraschung in Julians Blick. Er ahnte nur zu gut, wie sein Schüler sich fühlte. Er erkannte sich selbst wieder, wie er nach dem Abitur genau die Ausbildung gemacht hatte, die sein Vater für ihn vorgesehen hatte. Und wie er dann beschlossen hatte, alles hinzuschmeißen, um zu studieren. Er sah sich selbst gefangen in der kleinen Welt des Dorfes an der französischen Grenze und seinen schwierigen Ausbruch aus der beengten Bequemlichkeit. Und ihm wurde klar, dass Offenheit oder enge Grenzen unabhängig vom Wohnort existierten.

»Dafür sollte ich vermutlich besser Englisch können, oder?«, fragte Julian.

»Das wäre doch mal ein ziemlich guter Gedanke.«

Julian nickte zögernd und dann lächelte er zum ersten Mal.

Die nächste Stunde verbrachten die beiden über Julians Englischbuch, mit Vokabeln und Grammatik. Tom musste sich die Regeln selbst erst wieder neu in Erinnerung rufen. Aber sie kamen voran. Und als er auf die Uhr sah, stellte Tom fest, dass die Zeit schneller verflossen war, als er gedacht hatte. Sie vereinbarten, dass er in der nächsten Woche wieder vorbeikommen würde, und Julian brachte ihn zur Tür.

Natürlich wollte seine Mutter haarklein von Tom wissen, wie es gelaufen war, und hielt ihn noch eine Viertelstunde an der Tür fest, wobei sie ganz offensichtlich mit ihm flirtete, während Julian peinlich berührt danebenstand.

Tom atmete auf, als er wieder auf sein Fahrrad stieg und in Richtung Innenstadt zurückfuhr. Im Stadtwald setzte er sich auf eine Bank und ließ sich die Begegnung mit Julian noch einmal durch den Kopf gehen. Er verstand diesen Jungen so gut. Genauso wie er selbst es erlebt hatte, wurde Julian von seinen Eltern einfach nicht wahrgenommen. Die Richtung war allerdings eine andere. Während sein eigener Vater ihm nicht zugetraut hatte, das Zeug zum Studieren zu haben, war für Julians Eltern unverrückbar klar, dass ihr Sohn studieren musste, und nach Möglichkeit auch nicht irgendwo. Julian würde irgendwann unter den Erwartungen seiner Eltern zusammenbrechen, wenn er nicht vorher ausbrach. Vielleicht konnte Tom ihn ja ein kleines Stück auf dem Weg begleiten und ihm ein bisschen mehr Selbstsicherheit mitgeben.

Doch dann schüttelte er den Kopf. Das war nicht seine Aufgabe. Er sollte Julians Noten verbessern. Dafür wurde er bezahlt. Und doch gab es da diesen Impuls, bei dem Jungen eine Spur zu hinterlassen …

VIER

NACH DER ERSTEN Nachhilfe bei seinem neuen Schüler
kam Tom am Abend erschöpft in seiner WG an und las
nicht einmal mehr in den Texten für die Uni, obwohl er
dringend noch was tun sollte. Stattdessen telefonierte er
kurz mit Joschi, der sich irgendwie übellaunig anhörte,
aber nicht sagen wollte, was ihn beschäftigte. Danach
verlor er sich in einer britischen Serie, bevor er einfach
einschlief.

Er träumte von Joschi, mit dem er plötzlich wieder
am Strand auf der Insel war. Doch in seinem Traum waren sie auf der Insel gefangen und konnten nicht weg.
Die Fährverbindung war ausgefallen und die Insulaner
beäugten ihn misstrauisch, als er sich danach erkundigte, wie sie zum Festland kommen konnten. Weil Joschi
sich mit den Einheimischen gegen ihn verbündete, floh
Tom ans Ostende der Insel, in der Hoffnung, dort einen
Ausweg aus seiner Misere zu finden. Doch da war nur
Sand und Schlick. Als er den Blick auf die Nachbarinsel
richtete, sah er dort am Strand einen Menschen stehen
und zu ihm herüberblicken. Tom war sich sicher, dass
das Julian war, der jetzt aufsprang und ihm mit beiden
Armen zuwinkte. Er machte ihm Zeichen, er solle her-
überschwimmen, und kurz entschlossen watete Tom
ins Watt. Er kämpfte sich durch den Schlick, schwamm
in dem eisigen Wasser, und als er den gegenüberliegen-

den Strand endlich erreichte, brach er erschöpft zusammen. Doch da stand Julian schon neben ihm, war plötzlich nackt und beugte sich über ihn. Tom wusste, dass sie sich gleich küssen würden und alles gut werden würde, als ein fürchterlicher Krach ausbrach. Erschrocken richtete sich Tom auf. Er lag auf seiner Matratze, von draußen fiel Sonnenlicht auf den Laminatboden und irgendwo veranstaltete der Wecker seines Handys einen Höllenlärm. Müde sackte Tom wieder zurück. Er hatte eine Morgenlatte, fühlte sich ziemlich gerädert und wünschte sich in seinen Traum zurück. Doch dann ging ihm auf, was er da geträumt hatte, und er schlug entschlossen seine Bettdecke zur Seite. Was war das denn bitte für ein irrwitziger Traum gewesen? Julian war sein Schüler und er war minderjährig. Da waren alle erotischen Gedanken nicht nur absurd, sondern auch unangemessen. Drehte er jetzt völlig durch? Tom stand auf, suchte seine Klamotten für den Tag zusammen und ging unter die Dusche.

Weil ihn der Traum im Laufe des Tages ständig verfolgte und ihn das Gefühl nicht losließ, dass sich Joschi darin von ihm abgewandt hatte, radelte er kurzerhand nach der Uni zu ihm. Er brauchte jetzt Joschis Arme um sich und die Gewissheit, dass der bei ihm war und blieb.

Joschis Mitbewohnerin machte ihm die Tür auf und ließ ihn herein. Tom klopfte an Joschis Zimmertür – und dann stand er endlich vor seinem besten Freund. Der war von Toms spontanem Besuch überrascht und hatte eigentlich nicht wirklich Zeit, aber sie machten es sich trotzdem mit einer Tasse Tee auf Joschis Bett bequem. Tom erzählte ihm von seinem Traum und berichtete noch einmal ausführlicher von der ersten Nachhilfestunde. Joschi hörte ihm lange zu, ohne viel zu sagen.

»Hast du Angst, dass ich dich allein lasse?«, fragte er schließlich.

»Ich weiß nicht«, antwortete Tom. »Warum solltest du das tun? Zwischen uns ist doch alles bestens, oder?«

»Natürlich«, entgegnete Joschi verhalten.

Tom fühlte sich von Joschis Reaktion überfordert. Er hatte irgendwie eine erwartet, die ihn wieder bestärkte und nicht noch mehr verunsicherte. Er schnappte sich eine Szene-Zeitschrift, die neben Joschis Bett lag. »Das war wohl einfach nur ein Traum, den ich nicht so ernst nehmen sollte.«

Er blätterte durch die Partybilder der Zeitschrift, die halb nackte Männer in den Klubs der Stadt zeigten, überflog die Veranstaltungstermine und warf die Zeitschrift schließlich wieder auf den Fußboden.

»Wir sollten mal wieder feiern gehen«, sagte er dann. Er sehnte sich ein bisschen nach der Unbeschwertheit zwischen ihnen in seiner ersten Zeit in der Stadt.

»Die Unipartys gehen doch bald los«, meinte Joschi.

»Das ist gut. Und ich will mal wieder in die Szene. Wir waren lange nicht mehr zusammen in den Klubs.« Er legte sich auf den Rücken und sah Joschi von der Seite an, der neben ihm saß und auf der Unterlippe kaute. »Und ich habe immer noch kein Online-Profil bei Planetromeo.«

»Was willst du denn da?«, fragte Joschi erstaunt.

Verdutzt richtete sich Tom auf. »Na, Männer kennenlernen.«

»Und ich dachte, du bist gar nicht auf der Suche«, wandte Joschi ein.

Damit hatte Joschi ja im Grunde recht. Tom war weitgehend zufrieden mit dem, was er hatte. Trotzdem fühlte er sich rastlos. Als würde er irgendwas verpassen. Wenn sie in die Szene gingen, fand er immer mal jemanden, mit dem er knutschen konnte, hin und wieder ging er sogar mit einem Kerl ins Bett. Doch die One-Night-Stands waren ihm irgendwie unangenehm. Er kroch dann mit einem Fremden unter dessen Decke, zeigte sich nackt und ließ einen Menschen, der ihn danach manchmal auf der Straße nicht wiedererkannte, so nah an sich heran, wie er das vor einem Jahr, als er noch in der Provinz gelebt hatte, nie im Leben getan hätte.

»Ob man im Netz wohl den Traummann findet? Einen für die perfekte Beziehung?«, dachte Tom laut nach. Er sah Joschi an. »Wünschst du dir das nicht?«

Joschi trank seinen Tee aus und stellte die Tasse auf den Nachttisch.

»Jeder wünscht sich den Traummann, oder?«

»Hast du ein Profil im Netz?«

»Ich weiß nicht, ob das so meins ist. Ich mag ja eigentlich lieber Begegnungen im realen Leben.«

Tom stützte sich rücklings auf seine Ellenbogen. »Natürlich will ich dann den Typen auch real treffen. Aber im Netz kann man doch super abchecken, wie der andere so drauf ist. Wenn man dann was anfängt, weiß man wenigstens, mit wem. Was habe ich von einem Macker, der den ganzen Tag im Fitnessstudio abhängt und vor dem Spiegel post. Oder von einem Langweiler, der sich nur für Reptilien und Vögel interessiert.« Tom grinste. »Wobei das Thema Vögel ja schnell in die richtige Richtung führt.«

Joschi rutschte zum Bettrand, stand auf und griff nach der Teekanne.

»Willst du noch Tee?«, fragte er.

»Nee, ich will was ganz anderes.«

Tom setzte sich an die Bettkante und zog Joschi zu

sich heran. Er hatte jetzt Lust, sich einfach in diesen Körper fallen zu lassen. In seiner Hose spürte er das Blut pulsieren, er griff Joschi von beiden Seiten an den Hintern und vergrub sich in seinen Bauch. Doch Joschi stand etwas steif vor Tom, die Teekanne noch in der Hand und legte die andere auf eine von Toms Händen, um sie daran zu hindern, sich weiter an ihm hinauf- oder hinabzuarbeiten. Erstaunt blickte Tom zu Joschi nach oben.

»Was ist los?«

»Nichts«, antwortete Joschi und wand sich aus der Umklammerung. »Ich muss noch was für mein Seminar morgen tun.«

»Hat das nicht bis später Zeit?«

Tom sah Joschi bettelnd an und er bemerkte, dass er Joschi fast überzeugt hatte. Doch dann drehte der sich um und stellte die Kanne auf den Schreibtisch. Tom stand auf und drückte sich an Joschis Rücken.

»Ich muss wirklich noch was tun«, sagte Joschi und wandte sich um. »Tut mir leid.«

Als Tom Joschis traurigen Blick auffing, fiel es ihm wie Schuppen von den Augen. Was war er nur für ein Idiot! Joschi hatte sich verliebt. In ihn. Joschi brauchte gar nicht mehr in Klubs oder im Netz nach einem Kerl suchen, weil er mit Tom zusammen sein wollte. Er dachte sofort an Pia, mit der er eine unverbindliche Af- färe vereinbart hatte. Sie hatte sich auch in ihn verliebt. Und sie hatte ihm am Ende die Pistole auf die Brust ge- setzt. Tom spürte wieder die Enge, die mit diesem Blick in die Vergangenheit verbunden war. Die Ausweglosig- keit. Wie auf einer Insel in seinem Traum, von der es keinen Ausweg gab. Genau das befürchtete er: gefan- gen zu sein in einer Beziehung, die er nicht wollte.

Nicht Nein sagen zu können. Hatte er nicht gestern erst seinem Nachhilfeschüler gesagt, er müsse nicht alles tun, was seine Eltern von ihm erwarteten? Und galt das Gleiche nicht genauso für ihn, für Tom? Joschi setzte ihn mit seinem traurigen Blick unter Druck, so wie es Pia und sein Vater getan hatten. Tom wusste, dass er nicht dafür verantwortlich sein wollte, dass sich sein bester Freund so fühlte. Aber er war es und konnte es nicht ändern! Er selbst war nicht an dem gleichen Punkt wie Joschi. Der hatte mit seinem Outing zwei Jahre Vorsprung. Vielleicht waren sie aber auch einfach in ihren Erwartungen unterschiedlich. Er liebte Joschi als Freund. Als Kumpel. Mit dem er zugegebenermaßen regelmäßig Sex hatte. Den er vermisste, wenn sie sich ein paar Tage lang nicht sahen. Dem er alles erzählen konnte, was ihn beschäftigte, und von dem er alles wissen wollte, was ihm durch den Kopf und das Herz ging. Aber eine Beziehung mit Joschi? Nein, das wollte Tom nicht. Er wollte überhaupt keine Beziehung, wenn er genau darüber nachdachte. Nicht mit Joschi und nicht mit irgendwem.

Langsam setzte sich Tom auf das Bett. Die Erektion war von seinen Gedanken weggeschwemmt worden. Er sah nachdenklich auf seine Hände.

»Was ist das zwischen uns?«, stellte er leise die gleiche Frage, die Joschi ihm vor ein paar Tagen gestellt hatte.

Es dauerte eine Weile, bis der reagierte. »Freunde?«, fragte er dann.

Tom hob den Kopf und sah ihn an. Er bemerkte die Tränen in Joschis Augen und spürte eine unermessliche Trauer in sich aufsteigen.

»Sicher?«, fragte er.

Joschi nickte und wischte sich wütend die Tränen weg. »Ja, alles andere ist doch Quatsch.« Er lächelte mühsam.

»Freunde!«, sagte Tom erleichtert.

Dann stand er auf, nahm Joschi in die Arme und hielt ihn fest.

Ein paar Minuten später ging er durch die Dunkelheit nach Hause.

FÜNF

WIEDER UND WIEDER fragte Tom sich, ob es richtig war, wie er sich verhielt. Sein Kopf sagte ihm immer wieder, dass er es doch mit Joschi versuchen sollte. Doch sein Bauchgefühl rebellierte vehement dagegen. Er war hin- und hergerissen und nichts fühlte sich richtig an. Vielleicht sollte er Phil davon erzählen.

Der wartete schon auf ihn, als Tom um halb neun die etwas schummrige Kneipe im Studentenviertel betrat. Vor ihm stand ein Bier und er schien sich zu freuen, als Tom auf ihn zukam. Er strahlte Tom entgegen, drückte ihn kurz an sich und bestellte ihm ebenfalls ein Bier. Sie sprachen über das Seminar, das sie gemeinsam belegten, lästerten eine Weile über die Kommilitonen und Tom spürte die Entspannung, die der Alkohol in ihm auslöste. Natürlich wollte Phil genau wissen, wie die erste Nachhilfe bei Julian gelaufen war, und lachte sich schlapp, als Tom ihm von den Flirtversuchen der Mutter erzählte.

Tom fragte Phil danach über dessen Freundin aus. Er wollte vor allem wissen, wie offen Phil mit seiner Freundin umging. Phil erzählte erst ein wenig an der Oberfläche, er berichtete, dass sie sich noch aus der Schulzeit kannten und schon seit ein paar Jahren zusammen waren. Doch je tiefer sie in das Thema einstiegen und je mehr Tom fragte, umso mehr traten auch die Schattenseiten dieser Beziehung zutage.

»Magdalena spricht in letzter Zeit immer wieder davon, dass sie mit mir zusammenziehen will«, sagte Phil unsicher. »Aber ich weiß doch noch gar nicht, ob ich nicht demnächst mal ein Jahr ins Ausland gehe. Und dann hängen wir in einer gemeinsamen Wohnung fest.«

»Willst du denn ins Ausland?«, fragte Tom etwas erstaunt.

»Wann, wenn nicht im Studium, haben wir die Gelegenheit dazu, ein anderes Land richtig kennenzulernen?«, entgegnete Phil.

Darüber hatte sich Tom noch nie Gedanken gemacht. Er war ja auch erst seit einem halben Jahr im Studium und hatte sich gerade aus der Enge des Dorfes freigekämpft. Aber warum sollte er nicht auch für ein Jahr woanders hingehen? Barcelona würde ihn reizen. Oder Paris. Durch die Nähe seiner Heimat zu Frankreich sprach er ganz passabel Französisch. Und Paris wollte er immer schon mal sehen. Gleichzeitig machte ihn die Vorstellung, dass Phil die Stadt verlassen könnte, ein bisschen unruhig.

»Was ist mit deinen Freunden, wenn du weggehst?«, erkundigte er sich.

»Ehrlich gesagt habe ich kaum Freunde«, sagte Phil und sah Tom dann aufmerksam an.

»Was ist mit den vielen Leuten, die du an der Uni kennst?«

»Das ist doch nur oberflächlicher Mist. Außer mit dir. Wärst du traurig, wenn ich weggehen würde?«

»Natürlich«, sagte Tom.

Phil lachte. »Ich bin nicht so schnell aus deinem Leben wegzukriegen, keine Sorge.«

»Und Magdalena?«

»Die wird nicht mitkommen, wenn du das meinst.«

»Dann wollt ihr eine Fernbeziehung führen?«

»So weit sind wir ja noch nicht. Bislang ist das Jahr im Ausland nur eine Idee.« Nachdenklich starrte Phil in sein Bier. »Und vielleicht hält das ja auch gar nicht bis dahin.«

»Warum sollte die Beziehung nicht halten?«

Phil wiegte den Kopf hin und her, als müsse er seine Gedanken abwägen. Dann hob er den Blick und sah Tom an.

»Wir sind jetzt schon vier Jahre zusammen und ich habe noch nie mit einer anderen Frau geschlafen.«

Jetzt lachte Tom. »Dann probier doch einfach mal was anderes aus!«

»Als wenn das so einfach wäre. Wenn man sich einmal auf eine Beziehung einlässt, dann geht man damit auch eine Verpflichtung ein.«

Genau das befürchtete Tom in Bezug auf Joschi. Verpflichtung. Treue. Er war noch nicht so weit. Er wollte nicht für den Rest seines Lebens mit dem gleichen Menschen zusammen sein. Und trotzdem sehnte er sich manchmal nach der Geborgenheit einer festen Beziehung, das musste er sich allmählich eingestehen. Dabei wurde ihm bewusst, dass er nur die angenehmen Teile einer Beziehung wollte, nur das, was ihm persönlich Vorteile brachte. Mit allen Freiheiten, ohne einengende Verpflichtungen. Eigentlich war das ziemlich egoistisch.

»Aber ist es nicht genau das, was wir alle ständig suchen?«, fragte Tom und meinte damit auch sich selbst.

»Bis dass der Tod uns scheidet?«

»Ganz so weit brauchen wir ja gar nicht zu denken«, sagte Phil. »Ich will nur einfach nichts verpassen. Und im Moment denke ich immer öfter darüber nach, dass ich das tue.«

Tom verstand genau, was Phil meinte. Phils Augen waren im gedimmten Licht der Kneipe beinahe schwarz und Tom entdeckte ein kleines Grübchen links neben Phils Mund. Für einen Moment wünschte er sich, in diesen Augen zu versinken und alles um sich herum vergessen zu können. Seine Hände lagen dicht neben Phils, und wenn er den kleinen Finger nur ein klein wenig bewegen würde, könnte er wie zufällig Phils Haut berühren. Die oberen Knöpfe von Phils Hemd standen offen und gewährten Tom einen tiefen Einblick auf eine glatt rasierte Brust. Oder vielleicht war Phil auch einfach wenig behaart. Auf jeden Fall verursachte die Vorstellung, wie die Haut sich unter dem Hemd weiter fortsetzte, einen angenehmen Schauer bei Tom.

»Was ist los?«, erkundigte sich Phil und blickte an sich herab.

»Nichts«, rettete sich Tom schnell aus seinen Gedanken. »Was glaubst du denn zu verpassen?«

»Na, ich weiß zum Beispiel so gut wie nichts über schwulen Sex.« Er grinste. »Und das wenige, das ich darüber weiß, macht mir ein bisschen Angst.«

Tom sah ihn verwundert an. »Aber du brauchst doch keine Angst vor etwas zu haben, was du sowieso nicht machen wirst.«

»Man weiß ja nie, was da im Leben noch auf einen wartet«, antwortete Phil. »Aber mal ehrlich: Wie läuft das ab? Geht's nur ums Ficken oder ist da noch mehr?«

Tom war nun komplett irritiert. Das Gespräch nahm eine Richtung, mit der er nicht gerechnet hatte, und er wusste nicht so genau, wo er anfangen sollte. Ob er überhaupt anfangen wollte.

»Willst du das wirklich wissen?«, fragte er zurück, um Zeit zu gewinnen.

»Warum denn nicht? Ich muss doch für alles gewappnet sein.«

Zweifelnd betrachtete Tom seinen Kommilitonen. Wollte er wirklich mit Phil über Sex reden? Führte das nicht deutlich zu weit?

»Du machst jetzt einfach nur auf cool, oder?«, warf Tom ein. »Ich kann versuchen, dir davon zu erzählen, aber ich bin mir nicht sicher, ob ich das wirklich in Worte fassen kann.«

»Du meinst, das lässt sich nicht theoretisch erörtern, sondern nur praktisch erfahren?« Phil lachte und beugte sich dann zu Tom nach vorne. »Du versuchst aber gerade nicht, mich anzumachen, oder?«

Versuchte er das? Wollte er das? Tom war ganz durcheinander. Er fand Phil immer noch genauso sexy wie vor einem halben Jahr, als sie sich zum ersten Mal nach einem Seminar unterhalten hatten und Tom ihn tatsächlich angebaggert hatte. Und die Freundschaft hatte nur dazu beigetragen, dass er diesen Kerl mit jedem Treffen attraktiver fand. Aber das war völliger Blödsinn. Phil war doch hetero. Und Tom wollte die Freundschaft nicht kaputtmachen, indem er eine Grenze überschritt.

»Über die Phase des Anmachens bin ich hinaus«, sagte er also. »Im Herbst habe ich gedacht, du bist schwul. Und ich fand dich ganz niedlich. Deshalb habe ich dich angesprochen.«

»Niedlich?« Phil lachte wieder. »Das hat mir noch nie jemand gesagt.« Er gluckste noch eine Weile. »Aber du hast schon auf mich gestanden, oder?« Tom sah ihn ratlos an. »Ich meine: Hätte ich eine Chance auf dem schwulen Markt?«

»Ich würde dich nicht von der Bettkante schubsen«,

sagte Tom und verdrehte dabei demonstrativ die Augen.

In diesem Moment trat jemand an ihren Tisch. Tom schreckte zurück, als wäre er bei etwas Verbotenem ertappt worden, und starrte nach oben. Finn lehnte sich mit einem süffisanten Lächeln neben dem Tisch an die Wand. Konsterniert machte Tom die beiden miteinander bekannt. Ihm war ein bisschen unwohl bei der Erinnerung an die letzten Begegnungen mit Finn, der ihm eine Weile ziemlich penetrant an den Hacken gehangen hatte. Hoffentlich ging das jetzt nicht wieder los.

»Ich wusste gar nicht, dass es in der Literaturwissenschaft so attraktive Kerlchen gibt«, sagte Finn und zwinkerte Phil zu.

»Dann studierst du wohl die falschen Fächer«, antwortete Phil schnippisch und grinste.

Finn sah Phil mit großen Augen an. »Ich werde sofort das Studienfach wechseln!«, sagte er. »Und ihr zwei Hübschen habt hier ein gemütliches Date?«

Finn ging Tom jetzt schon wieder auf die Nerven. Und er registrierte sehr genau, dass Finn ziemlich viel getrunken hatte. Jedes Mal, wenn er sich ein bisschen von der Wand löste, schwankte er leicht.

»Wir reden über ein Seminar«, sagte Tom trocken.

Doch Phil fiel ihm in den Rücken, indem er ergänzte: »Und über Sex. Aber das natürlich nur ganz am Rande.«

Finn grinste breit, als er das hörte. »Oh, ihr redet über Sex! Das ist mein Lieblingsthema.« Dann überzog sich sein Gesicht mit gespielter Trauer. »Aber doch hoffentlich nicht über Hetero-Sex?«

Tom versuchte Phil mit Blicken klarzumachen, dass es wenig Sinn machte, mit Finn zu sprechen, wenn er getrunken hatte. Aber den schien das wenig zu interessieren.

»Über Sex im Allgemeinen«, sagte Phil unbekümmert, dachte einen Moment nach und fügte dann hinzu: »Und im Konkreten.«

»Das kann ich dir alles genau erklären. Dafür sollten wir uns aber vielleicht besser bei mir zu Hause treffen. Schließlich geht das ziemlich unter die Gürtellinie und wir wollen doch nicht, dass du dich hier in der Öffentlichkeit ausziehst.« Er musterte Phil anzüglich. »Wobei du dir das ganz bestimmt leisten könntest, ohne dich zu blamieren.«

Phil und Finn warfen sich noch eine Weile mehr oder weniger deutliche Anspielungen zu, die Tom das Herz bis in den Hals pulsieren ließen, weil es dabei ziemlich viel um Phils Körper ging. Er war heilfroh, als sich Finn dann doch dazu entschloss, sie zu verlassen.

»Sehen wir uns nächsten Freitag auf der Skandinavistik-Party?«, fragte er Tom zum Abschied.

Tom hatte durchaus geplant, auf die angeblich so legendäre Party der Skandinavisten zu gehen, verlor aber gerade ein bisschen die Lust dazu, wenn er Gefahr lief, Finn dort schon wieder zu begegnen. Also wiegelte er ab und Finn verschwand endlich durch die Tür nach draußen, nicht ohne ihnen noch affektiert ein Luftküsschen zuzupusten. Einen Moment lang schwebte Stille zwischen Phil und Tom.

»Wo waren wir stehen geblieben?«, fragte Phil schließlich. »Ach ja: Mich würdest du also nicht von der Bettkante schubsen?« Er grinste.

Plötzlich war es Tom unglaublich peinlich, das gesagt zu haben. Er gab sich damit eine Blöße, die er an Menschen wie Finn so abstoßend fand. Und das konnte ziemlich ins Auge gehen, wie er an seiner eigenen Reaktion auf Finn feststellte.

»Das sagt man doch so ...«, meinte Tom abwiegelnd.

»Und ... wie hieß dein Freund da gerade noch? Finn?«

»Was ist mit dem?«

»Würdest du den von der Bettkante schubsen?«

Tom lachte herzlich. »Ja. Und zwar mit Schmackes.«

»Ich dachte mir schon, dass da irgendeine Missstimmung zwischen euch herrschte. Na ja, er ist ja auch echt schräg.« Phil dachte nach. »Was ist mit Julian?«

Erschrocken sah Tom über den Tisch und spürte, wie ihm die Hitze durch das Gesicht wanderte. »Julian? Mein Nachhilfeschüler? Der ist doch viel zu jung!«

Wenn Phil ihn schon danach fragte, dann sollte Tom vorsichtiger sein. Hatte er irgendwas gesagt, was Phil auf diese Fährte gelockt hatte? Am liebsten wäre Tom unter den Tisch gekrochen, um sich zu verstecken. Glaubte Phil wirklich, er würde den Jungen anfassen wollen? Das wäre ihm wirklich unangenehm.

Doch Phil zuckte bloß mit den Schultern. »Man weiß ja nie, was das Leben so bringt.« Er zwinkerte Tom zu und bestellte noch zwei Bier.

Phils Stimmung wurde immer alberner und er lästerte wieder über die Uni und die Leute, die da herumliefen. Und Tom wollte von allen sexuellen Themen so schnell wie möglich weg und verkniff sich, mit Phil über Joschi zu reden. Er war froh, sich über belanglosere Dinge kaputtlachen zu können. Phils Humor war unschlagbar. Als sie die Kneipe um halb eins verließen, waren sie beide ziemlich betrunken und liefen ein Stück Arm in Arm in Richtung Innenstadt, bis sich Phil mit einem übertriebenen Schmatzer auf Toms Wange verabschiedete und in eine Bahn stieg, die hoffentlich in die richtige Richtung fuhr. Etwas verunsichert sah Tom der Bahn nach, die in der Nacht verschwand.

SECHS

ALS ER EIN paar Tage später wieder auf dem Weg zum Nachhilfeunterricht war, holte ihn die Erinnerung an den Traum, in dem Julian ihn beinahe geküsst hätte, wieder ein, und damit auch Phils Frage, ob er den Jungen von der Bettkante schubsen würde. Im Grunde ärgerte er sich über sich selbst, das Thema gegenüber Phil überhaupt vertieft zu haben. Ihre Freundschaft baute schließlich nicht auf sexuellen Begehrlichkeiten auf. Wobei das nicht ganz stimmte. Er selbst dachte schließlich ständig an Sex. Aber so wollte er nicht sein. Diese ständige Fokussierung auf Sex entsprach genau den Vorurteilen, die sein Vater gegenüber Schwulen hatte.

Tom war so tief in seine Gedanken versunken, dass er fast an dem Haus von Julians Eltern vorbeigefahren wäre. Und als er davor stoppte, überlegte er, ob er nicht einfach weiterfahren sollte. Er war sich unsicher, ob er potenziellen Konflikten und Reizen gewachsen war. Er blickte an der Fassade hoch und entdeckte Julian, der zu ihm nach draußen sah. Zum Umkehren war es also zu spät. Er winkte seinem Nachhilfeschüler zu und der grüßte zurück.

Julian hatte sich seit der letzten Woche wirklich ins Zeug gelegt und Vokabeln gepaukt. Tom war beeindruckt, wie einfach er den Jungen davon überzeugt hatte, das zu tun. Sie saßen nebeneinander über die Unterlagen gebeugt und Tom erklärte ihm nach und nach die Grammatik. Julian roch nach Deo, das er offenbar großzügig aufgetragen hatte. Er schreckte immer noch zurück, wenn er etwas nicht auf Anhieb kapierte, doch Tom gelang es jedes Mal, ihn wieder einzufangen. Als Julian eine schwierige Regel endlich in den Kopf gekriegt hatte, sah er Tom glücklich an.

»Das ist ja total einfach!«, meinte Julian. »Warum kann mein Lehrer mir das nicht so erklären wie du?«

Tom überrollte das Gefühl, wirklich etwas Bemerkenswertes geschafft zu haben, und am liebsten hätte er Julian umarmt. Er hielt sich aber im letzten Moment zurück und sie klatschten sich einfach nur ab. Sie legten eine Pause ein, Julian holte Tee aus der Küche und brachte sogar Kekse mit. Mit seiner Tasse in der Hand machte Julian es sich auf seinem Bett bequem, das diesmal etwas ordentlicher gemacht war, ganz so, als hätte er sich vor Tom mit seiner besten Seite zeigen wollen. Tom hatte sich rittlings auf seinen Stuhl gesetzt, stützte sich auf die Rückenlehne und beobachtete Julian, der einen Keks nach dem anderen in sich hineinstopfte. Den Hoodie hatte Julian sich schon zu Beginn des Unterrichts ausgezogen, weil ihm zu warm war, und das darunter versteckte schwarze T-Shirt offengelegt. Tom zwang sich, den Jungen nicht zu intensiv anzusehen.

»Was machst du eigentlich, wenn du dich nicht gerade mit deinen Eltern herumärgerst?«, fragte er auf der Suche nach einem unverfänglichen Thema und biss in einen Keks.

Julian druckste erst einen Moment herum, bevor er sagte: »Ich lese ziemlich viel.«

Tom hatte den Eindruck, dass ihm das fast ein bisschen peinlich war.

Er hätte niemals gedacht, dass Julian Bücher las. Er wandte sich um und versuchte, die wenigen Titel im Regal zu entziffern. Da standen allerdings in erster Linie Kinderbücher, für die Julian deutlich zu alt war.

»Aber du hast ja kaum Bücher«, sagte er erstaunt und wies auf das Regal.

»Wer liest denn noch richtige Bücher?«, fragte Julian grinsend, griff nach einem Reader auf seinem Nachttisch und hielt ihn hoch. »So geht das heute.« Er lachte.

»Und was liest du so?«, hakte Tom nach.

»Fantasy.«

Von Fantasy-Literatur hatte Tom wenig Ahnung. Er kannte ein paar ältere Titel, die er damals bei Pia in die Finger bekommen hatte. So richtig warm geworden war er mit dem Genre nicht.

»Kannst du mir was Gutes empfehlen?«, erkundigte er sich daher.

Julian schaltete den Reader an und scrollte durch die Buchtitel. Hin und wieder stoppte er, wischte dann jedoch mit dem Zeigefinger weiter.

»Weiß nicht. Das sind Jugendbücher.« Er sah fragend zu Tom hinüber. »Interessierst du dich noch für Jugendbücher?«

»Das kommt darauf an ...«

»Worauf?«

Jetzt war Tom der Ratlose. Worauf kam es ihm denn bei Jugendbüchern an?

»Vielleicht, ob mir die Story gefällt. Und die Figuren.« Er dachte nach, ihm fielen aber keine weiteren Anhaltspunkte mehr ein. Dabei studierte er Literatur! Eigentlich sollte er dann doch nachvollziehbare Kriterien im Kopf haben, nach denen er sich für Bücher entschied. »Was liest du denn im Moment?«

Eine leichte Röte zog sich über Julians Hals bis zum Gesicht herauf. Tom erschrak. Hatte er etwas Falsches gefragt? Das war doch eigentlich eine ziemlich harmlose Frage gewesen.

»*Rowan & Ash*«, sagte Julian leise.

Tom hatte von dem Titel bisher noch nichts gehört. Aber er kannte ja auch kaum noch aktuelle Jugendliteratur. Julians Zurückhaltung signalisierte ihm allerdings, dass er jetzt vorsichtig sein sollte, nichts Falsches zu sagen. Und er hatte den Eindruck, dass man bei Julian schnell etwas Falsches sagte, ohne das zu bemerken.

»Und worum geht es in dem Roman?«, fragte er behutsam. »Ist das auch Fantasy?«

Julian nickte, während er sich durch seine Bücher scrollte und eines schließlich öffnete. »Um einen Jungen, der mit der Tochter des Königs verlobt ist.«

»Aha.«

Das erklärte noch nicht die Röte in Julians Gesicht.

»Aber er will sie eigentlich nicht heiraten«, ergänzte Julian.

»Warum nicht?«

»Ach, ist nicht so wichtig«, wiegelte Julian ab und schaltete den Reader aus. »Was liest du denn so? Du studierst doch Literatur, oder?«

In diesem Moment klingelte Toms Handy, das er offenbar vergessen hatte auszuschalten. Schnell zog er es aus der Hosentasche und sah auf das Display. Lisa, eine Kommilitonin, mit der er sich ein paarmal unterhalten hatte. Sie hatte ihn noch nie angerufen. Er wollte den Anruf trotzdem gerade wegdrücken, als Julian sagte:

»Geh ruhig ran!«

In dem kurzen Telefonat stellte sich heraus, dass Lisa wissen wollte, ob er zur Party der Skandinavisten ging und ob sie sich da treffen würden. Aus den Augenwinkeln sah Tom, dass Julian dem Gespräch aufmerksam folgte, daher verabschiedete er sich zügig von ihr. Tom wollte die Pause beenden, damit sie mit dem Stoff weiterkamen, doch Julian ließ sich nicht so einfach wieder an den Schreibtisch locken.

»Wie ist es, hier in der Stadt zu studieren?«, fragte er. »Gehst du viel auf Partys?«

Tom erzählte knapp von seinen Erfahrungen an der eher anonymen Uni und von den jetzt anstehenden Partys der Fachbereiche. Aber das genügte Julian noch nicht. Er bohrte nach, wollte wissen, wie Tom lebte, wie er die WG gefunden hatte, zog ihm seine Adresse aus der Nase und entlockte Tom die Info, dass er manchmal ziemlich lange in Klubs und Kneipen abhing und hinterher ziemlich betrunken nach Hause kam. Nur bei der Frage, ob er eine Freundin habe, machte Tom dicht. Er wollte dieses Thema nicht in diesen Raum lassen. Ihm war erst nicht ganz klar, warum ihm das so wichtig war, denn sie lebten schließlich in der schwulen Metropole Deutschlands, in der man Lesben und Schwulen nicht einmal dann aus dem Weg gehen konnte, wenn man sich darum bemühte. Das war Normalität. Warum scheute er dieses Thema hier so sehr? Doch dann ging ihm auf, dass er selbst noch nicht genug Selbstsicherheit aufgebaut hatte. Er wusste nicht, wie Julian reagieren würde, wenn er ihm sagen würde, dass er schwul wäre. Das gehörte auch nicht hierhin. Also lenkte er das Thema um.

»Wenn du so viel liest, dann könntest du doch eigentlich auch in Deutsch ganz gut sein«, sagte er entschlossen.

Julian stöhnte genervt, drückte sich vom Bett hoch und schlurfte zum Schreibtisch.

»Du weißt noch nicht, was wir in der Schule lesen«, sagte er abfällig und zog dann ein schon ziemlich zerfleddertes Reclam-Heft aus seiner Schultasche. »*Faust!*« Er knallte das Buch auf den Tisch.

»Oh!«, entfuhr es Tom.

Er erinnerte sich noch gut daran, wie er sich vor ein paar Jahren durch den Goethe-Text gekämpft hatte. Irgendwie hatte er gehofft, die Schüler in einer Großstadt dürften sich mit anderen Texten beschäftigen. Mit aktuelleren Büchern, als er sie unten im Südwesten der Republik lesen musste.

Doch dann kramte Tom all sein Wissen über das Drama zusammen und suchte bei Youtube nach einer Inszenierung, die auch einen Sechzehnjährigen interessieren konnte. Und als er Julian klargemacht hatte, wie schwer ein Text zu verstehen ist, der eigentlich nicht zum Lesen, sondern für die Bühne geschrieben war, hatte er ihn wieder auf seiner Seite. Er machte ihm das Drama Stück für Stück schmackhaft und Julian rückte mit seinem Drehstuhl immer näher, während sie sich zusammen über den Text beugten. Sie bekamen gar nicht mit, wie seine Mutter in den Raum kam.

»Kommt ihr voran?«, erkundigte sie sich.

Tom und Julian schraken beide auf. Vorsichtig rutschte Tom ein kleines Stück von Julian ab. Dabei wollte er gar nicht erst den Verdacht aufkommen lassen, dass es einen Anlass zum Wegrutschen gab.

»Wir arbeiten uns gerade durch den Goethe«, sagte Tom fast unterwürfig mit belegter Stimme und verfluchte sich danach für seinen Ton. Er streckte den Rücken durch und räusperte sich. »Ich habe damals auch damit gekämpft und verstehe wirklich gut, dass Julian sich mit diesem Stoff schwertut.«

»Der *Faust* gehört aber nun mal zum deutschen Literaturkanon«, sagte Patrizia Schmitz etwas schnippisch. »Und wenn unser Filius hin und wieder mal freiwillig zu einem Buch greifen würde, hätte er vermutlich weniger Probleme damit.«

Tom war erstaunt und wollte gerade widersprechen, dass ihr Sohn durchaus Bücher las, als er Julian aus den Augenwinkeln beinahe unmerklich den Kopf schütteln sah. Tom nahm sich vor, Julian zur Rede zu stellen, sobald seine Mutter aus dem Raum war.

»Ich bin sicher, dass ich Julian ein paar gute Bücher empfehlen kann, die ihn interessieren.«

Zum Dank schloss Julian kurz beide Augen. Und seine Mutter zog nach einem schnellen Blick in alle Ecken des Zimmers von dannen. Als die Tür ins Schloss gefallen war und sich die Schritte im Flur entfernten, wandte sich Tom zu Julian um.

»Warum erzählst du deinen Eltern nicht, dass du liest?«

Julian ließ die Schultern hängen. »Fantasy ist eben nicht das, was die unter Literatur verstehen. Nachher mischen sie sich da auch noch ein.«

»Und merken die das nicht, wenn du dir E-Books kaufst?«

»Die meisten leihe ich mir digital aus der Stadtbibliothek aus.«

»Und was glauben deine Eltern, was du hier den ganzen Tag in deinem Zimmer tust?«

Schlagartig wurde Julian knallrot. Und Tom sah das Fettnäpfchen, in das er gerade getreten war. Als er sechzehn war, hatte er sich ziemlich viel mit seinem Körper beschäftigt. Und er war sicher, dass Julian genau das Gleiche tat.

»Ich meine«, stammelte Tom, »glauben die, dass du Briefmarken sammelst?«

Mist, schon wieder das falsche Stichwort. ›Soll ich dir meine Briefmarkensammlung zeigen?‹ war in seiner Jugend immer die Scherzfrage gewesen, die auf Sex hingedeutet hatte. Aber Julian rettete ihn zum Glück. Er drückte auf den Powerbutton seines Computers, dreht die Boxen leise und fand in Windeseile bei Youtube ein Video, das einen Gamer mitten in seinem Element zeigte. Der Bildschirm war ausgefüllt mit explodierenden Körpern und automatischen Waffen. Die passende Geräuschkulisse kam leise aus den Boxen.

»Deine Eltern glauben, du spielst Ballerspiele, obwohl du Fantasy-Bücher liest?«

Julian nickte. »Ich habe gute Ohrenstöpsel und lese meist am Schreibtisch.« Er zeigte auf einen kleinen Spiegel neben dem Bildschirm. »Und ich habe die Zimmertür eigentlich immer im Blick, weil die natürlich irgendwann reinkommen und sich über den Krach beschweren.«

Tom war baff. Jetzt hätte er diesen Jungen wirklich knutschen können, einfach, weil er den Betrug an seinen Eltern großartig fand. Kurz darauf verabredeten sie sich für die nächste Woche.

Tom radelte mit einem Grinsen im Gesicht nach Hause. Dort zog er sein Handy aus der Tasche und suchte nach *Rowan & Ash*, denn er wollte verstehen, was Julian an diesem Buch so peinlich fand. Als er den Klappentext gelesen hatte, hielt er kurz den Atem an. Da stand: Die Wahrheit ist viel komplizierter: Rowan liebt keine andere Frau. Sondern den Königssohn Ash.

Julian las also einen Fantasy-Roman mit einem schwulen Protagonisten. Er war rot geworden, als Tom ihn nach dem Inhalt gefragt hatte. Tom wurde der Mund trocken. Wenn er jetzt alles, was er über diesen Jungen wusste, zusammenzählte, dann kam er zu dem Schluss, dass Julian gerade mitten im Outing steckte. Natürlich war nicht jeder schwul, der ein Buch mit schwulen Figuren las. Doch da war die weiche Art, die Julian unter Hoodie und Baggy Pants versteckte, und da war nicht zuletzt dieses Gefühl, dass Tom ihm gegenüber hatte. Ein Gefühl der Zusammengehörigkeit und der Nähe, des Verstehens, das Tom immer wieder hatte, wenn er einem anderen Schwulen in der Stadt begegnete. In den letzten Monaten hatte er einen recht zuverlässigen Gaydar entwickelt und bildete sich ein, seinesgleichen schnell zu erkennen. Außerdem hatte sich Julian ihm gegenüber sehr weit geöffnet, was er offenbar bisher bei keinem anderen Nachhilfelehrer getan hatte. Und das lag sicher nicht an seinen pädagogischen Superkräften.

Tom war überfordert. Er war Nachhilfelehrer. Er sollte Julian in Deutsch und Englisch helfen. Dabei ging es nicht um Lebensberatung, Therapie oder ein Coming-out-Coaching. Das hier war ein Job. Nicht mehr und nicht weniger.

Dann fiel Tom ein, wie nah Julian an ihn herangerutscht war, bevor seine Mutter hereingekommen war. Wenn sich Julian nun outete und dann auch noch herauskam, dass Tom schwul war, dann schloss sich doch sofort die Frage an, ob Julians Eltern das abstrahieren konnten oder ob sie – konservativ, wie sie nun einmal waren – Tom eine Verantwortung für die Entwicklung ihres Sohnes in die Schuhe schieben würden.

Doch dann schüttelte Tom den Kopf. Das führte zu weit. Das 20. Jahrhundert war lange vorbei. Sie lebten in einer aufgeklärten Zeit, in der niemand mehr glaubte, man könne jemanden zur Homosexualität überreden. Oder gar anstecken.

SIEBEN

DIE NEUEN ERKENNTNISSE beschäftigten Tom ziemlich. Er musste mit jemandem reden. Und der Einzige, dem er zutraute, dass er verstand, was ihn beschäftigte, war Joschi. Deshalb radelte er am nächsten Abend zu ihm, obwohl der seit ein paar Tagen nicht mehr mit Tom gesprochen hatte.

»Ich weiß nicht, was ich jetzt machen soll«, sagte er ihm, als sie in Joschis Zimmer saßen. »Wenn Julian sich outet, denken seine Eltern dann nicht, dass ich was damit zu tun habe?«

Joschi wirkte unschlüssig. Er umklammerte sein Weinglas und starrte an die Wand neben Tom. Mehrmals setzte er an, etwas zu sagen, brachte dann aber doch kein Wort heraus.

»Was ist denn los?«, erkundigte sich Tom besorgt.

»Meinst du, der Junge hat sich in dich verknallt?«, fragte Joschi schließlich.

»Das glaube ich nicht«, entgegnete Tom. »Der ist einfach nur unsicher und kriegt das alles noch nicht auf die Reihe.«

Aber was, wenn sich Julian tatsächlich in ihn verknallt hatte? Und wenn sich Tom nicht genug abgegrenzt hatte? Tom bekam leichte Panik.

»Julian weiß ja gar nicht, dass ich schwul bin«, sagte er. »Klar, er kann etwas ahnen. Aber in dem Alter hat man ja noch gar nicht dieses Gefühl dafür, ob jemand anderes schwul ist.«

»Unterschätz ihn nicht!«

Tom ging die zwei Begegnungen mit Julian im Kopf durch. Hatte er sich an irgendeiner Stelle falsch verhalten? Er konnte sich an nichts erinnern.

»Hast du dich in ihn verliebt?«, fragte Joschi jetzt und sah Tom in die Augen. »Ist er der Grund?«

»Nein, natürlich nicht! Der Grund wofür überhaupt?«

»Du weißt genau, wovon ich spreche.«

Ja, das wusste Tom. Aber er hatte gehofft, das Thema sei vom Tisch.

»Er lässt mich sowieso kaum an sich heran.«

»Er lässt dich nicht an sich heran?« Joschis Augen waren starr. »Hast du es versucht?«

Tom stöhnte. »So meine ich das nicht. Du glaubst doch nicht, dass ich einen Sechzehnjährigen angrabe, oder?«

»Ich weiß nicht, was ich glauben soll.«

Tom stand auf und trat auf Joschi zu. Er wollte ihn anfassen, um ihm klarzumachen, wie wichtig er ihm war. Doch Joschi wehrte die Berührung ab.

»Denkst du etwa, dass du etwas mit einem Schüler anfangen kannst«, stieß er mühsam hervor. »Der ist sechzehn!«

»So ein Quatsch! Das will ich doch auch gar nicht!«

»Aber du stehst auf ihn.« Joschi stellte das Weinglas auf seinem Tisch ab. »Oder ist er hässlich?«

»Der Junge ist nicht hässlich.«

»Was dann?«

»Wenn er sich mal nicht unter seinem Hoodie verkriecht, sieht er ganz hübsch aus. Aber das tut doch überhaupt nichts zur Sache.«

»Ah. Den Hoodie hast du ihm also schon ausgezogen? Ich verstehe.«

»Gar nichts verstehst du!«, blaffte Tom Joschi an. »Mit sechzehn sind die meisten Jungs ziemlich attraktiv.«

Joschi schüttelte den Kopf.

»Attraktiv.«

Tom verlor allmählich die Geduld. Wie sollte er das denn noch erklären?

»Was willst du von mir hören? Dass ich ihn sexy finde? Dass ich auf dieses Lehrer-Schüler-Ding stehe? Willst du das von mir hören?«

Joschi schnaubte entrüstet durch die Nase.

»Ich bin einfach nur entsetzt!«

»Wieso? Was mache ich falsch?«, fauchte Tom. »Was ist falsch an mir?«

Joschi atmete tief durch. Er griff wieder zu seinem Glas, trank einen Schluck Wein und sah dann mit glasigen Augen auf den Teppich. Tom zwang sich, wieder etwas ruhiger zu werden.

»Ich glaube, ich kann das einfach nicht.«

»Was meinst du? Was kannst du nicht?«

Joschi versuchte, seinem Blick auszuweichen, gab jedoch schnell auf.

»Was ist das zwischen uns?«, fragte er. Schon wieder.

»Das weißt du doch«, sagte Tom bestimmt. »Freunde.«

»Ich weiß. Freunde.«

Joschi rann eine Träne aus dem Auge.

»Ich brauche ein bisschen Zeit für mich.«

Tom merkte, wie sich ihm die Kehle zuschnürte.

»Wird es besser, wenn ich gehe?«, fragte er gepresst.

Joschi schüttelte den Kopf. Dann nickte er.

»Ja und nein, ja und nein? Ist es das, was du mir sagen willst?«

Joschi nickte und sah Tom an.

Der hob hilflos die Hände.

»Ich will dich nicht verlieren, Joschi!«

Das wollte er wirklich nicht. Er hatte Joschi schon einmal verloren. Damals nach dem Abitur. Sie hatten sich wiedergefunden. Ohne Joschi hätte er sich in der Großstadt nie so schnell zurechtgefunden. Joschi hatte zu ihm gestanden, als Tom sich vor seinen Eltern geoutet hatte. Er hatte ihm den Rücken gestärkt, als Tom sich Hals über Kopf und völlig sinnlos in Finn verknallt hatte. Sie waren zusammen durch die Szene gezogen und Hand in Hand die Hauptstraße ihres Heimatortes entlangspaziert. Und ja: Sie hatten tollen Sex gehabt. Tom wollte Joschi nicht verlieren. Und zugleich wusste er nicht, was er tun sollte, um genau das zu verhindern.

Joschi straffte endlich die Schultern und stand von seinem Stuhl auf. Auch in ihm schienen die Gedanken und Gefühle zu toben.

»Ich glaube, es ist wirklich am besten, wenn ich den Abend allein verbringe«, sagte er leise.

Tom schnitten diese Worte schmerzhaft ins Herz.

»Darf ich dich noch einmal umarmen?«, fragte er unsicher.

»Nächstes Mal«, antwortete Joschi und lächelte leicht gequält.

»Dann gibt es ein nächstes Mal?«, fragte Tom hoffnungsvoll.

Joschi nickte. »Gib mir Zeit. Okay?«

Und dann ging Tom. Allein tappte er durch das dunkle Treppenhaus, weil er keine Lust hatte, Licht anzumachen. Warum waren Gefühle eigentlich solche Arschlöcher?

ACHT

ALS JULA TOM in seiner niedergeschlagenen Stimmung erwischte, schleppte sie ihn in die Küche, entkorkte eine Flasche Wein und goss ihm ein großes Glas ein.

»Trink!«, sagte sie und nahm sich auch ein Glas.

Tom trank. Der Wein schmeckte nicht besonders gut, aber das passte ja zu seinem Leben: passabel, aber aktuell nicht wirklich gut.

»Und jetzt erzähl!«

Also erzählte er. In erster Linie von Joschi. Davon, dass der sich in Tom verliebt hatte und deshalb jetzt auf Abstand ging. Und von seinen eigenen Gefühlen, die sich gerade ein offenes Gefecht lieferten.

»Ich will einfach nicht in eine Beziehung rutschen, in der ich später gefangen bin«, schloss er seine Gedanken ab.

Jula betrachtete ihn nachdenklich. Nach einer Weile nickte sie.

»Beziehungen sind kacke!«, sagte sie.

Tom lächelte schief. »Das sagt die Frau, die noch nie eine richtige Beziehung gehabt hat. Woher nimmst du deine Weisheit?«

»Aus der Beobachtung meiner Mitmenschen. Ich sehe Peter zum Beispiel. Er ist in einer Beziehung und wir hatten trotzdem Sex. Das scheint nicht zu funktionieren.«

»Du hast ihm einmal den Schwanz gelutscht, mehr nicht.«

Jula füllte ihr Weinglas wieder auf, trank es in einem Zug leer und sah Tom grinsend an.

»Du bist nicht auf dem neuesten Stand.«

Tom zog die Stirn kraus und fragte: »Was meinst du damit? Nicht nur einmal Schwanzlutschen?«

Jula schüttelte den Kopf.

»Wann?«

»Vor einer Woche. Donnerstag.«

»Oh.«

»Du warst nicht da, um zu übernehmen, also musste ich noch mal ran«, brachte Jula kichernd hervor.

Tom überlegte. Wo war er denn am letzten Donnerstag gewesen? Ach ja: mit Phil in der Kneipe.

»Meinst du, das ist gut?«, fragte er.

»Du hast dich ja auch mit einem Kerl getroffen«, meinte Jula.

»Mit einem Kommilitonen, nicht mit meinem Mitbewohner. Und rein platonisch.«

»Du hast vorher geduscht und dich mit dem guten Parfüm eingenebelt.«

Das stimmte. Aber hatte er das für Phil getan?

»Sieht er gut aus?«, fragte Jula.

»Wer? Phil?«

Jula nickte.

»Ja, schon.«

»Steht er auf Männer?«

»Er hat eine Freundin.«

Jula schnalzte mit der Zunge. »Das hat nichts zu sagen, wie du weißt.«

Damit hatte sie natürlich recht. Immerhin hatte Tom selbst vor einem Jahr noch eine Affäre mit einer Frau gehabt. Seine Fantasien bezüglich Männer hatte er lange versteckt. Und die Anspielungen, die Phil in letzter Zeit gemacht hatte, sein Interesse am schwulen Sex, seine Blicke – womöglich stand er doch nicht nur auf Frauen.

»Vielleicht musst du den Typen einfach mal abfüllen und ihm dann einen blasen«, sagte Jula mit ernster Miene. »Was ich kann, das kannst du auch.«

»Hast du Peter abgefüllt?«

»Er hat sich nicht gewehrt!«, verteidigte sich Jula.

Tom stellte sich vor, wie er Phil ein Bier nach dem anderen ausgeben und ihn dann nach Hause mitnehmen würde. Nie würde er so tief sinken, so etwas zu tun. Das überschritt eine Grenze, die Tom ganz klar für sich zog. Dann fiel ihm sein Nachhilfeschüler wieder ein. Er erzählte Jula die neuesten Entwicklungen.

»Ich glaube, der steht kurz vor seinem Outing«, fasste Tom seine Überlegungen zusammen.

»Kann es sein, dass du gerade in jedem attraktiven Kerl einen potenziellen Sexualpartner siehst?«

Tom winkte ab. »Von Sex kann keine Rede sein. Nicht mit dem Jungen. Ich mache mir auch nicht deshalb Gedanken über sein Outing ...«

»Wie alt ist der?«, erkundigte sich Jula.

»Sechzehn.«

»Wie süß. Einen Sechzehnjährigen hatte ich schon lange nicht mehr.« Als Tom sie entgeistert ansah, ergänzte sie: »Was denn? Als ich siebzehn war, habe ich mich halt auch schon für Jungs interessiert.«

Tom verdrehte die Augen. »Das ist doch etwas völlig anderes.«

»Und wie willst du mit dem Jungen jetzt weitermachen? Willst du ihn verführen?«, erkundigte sich Jula.

»Nein! Ich bin sein Nachhilfelehrer!«

»Das ist doch völlig unerheblich. Und legal ist es auch.«

Doch Tom kippte schnell ein Glas Wein in seinen Hals, um den Gedanken aus dem Kopf zu kriegen. Er wollte nichts von Julian. Basta!

»Was ist mit Peter und dir?«, lenkte er sich und vor allem Jula wieder von dem Thema ab.

»Nichts ist«, sagte sie. »Peter ist so eine ehrliche Seele. Er hat alles seiner Freundin gebeichtet.«

»Und die ist jetzt stinksauer?«

»Jep!«

»Shit!«

»Was ist Shit?«, fragte Peter, der plötzlich in der Küchentür stand. Weder Tom noch Jula hatten gehört, dass er in die Wohnung gekommen war. Tom sah Jula fragend an, und er ahnte schon, dass er sie nicht davon abhalten konnte, weiter über Peter zu reden.

»Shit ist, dass du Kathi gesagt hast, dass wir in der Kiste waren.«

»Oh, Mann!«, stöhnte Peter und goss sich ein Glas Wein ein. »Dann weiß Tom jetzt natürlich auch, was wir gemacht haben, oder?«

Er sah Tom an, der nickte und Peter trank einen Schluck Wein.

»Wie seid ihr bloß schon wieder auf dieses Thema gekommen?«

»Tom hat Zoff mit Joschi, weil der sich in ihn verknallt hat.«

Julas Problem war, dass sie zwar verdammt gut zuhören konnte, aber danach auch alles ausplauderte. Tom musste sie auf jeden Fall briefen, bevor Joschi das nächste Mal in der WG auftauchte. Der würde sich bestimmt nicht darüber freuen, wenn er erfuhr, was Tom alles erzählt hatte.

»Joschi und du«, meinte Peter, »ihr passt einfach perfekt zusammen.« Er nickte Tom zu.»Nimm den! Mit dem machst du nichts falsch.«

»Wir sind Freunde, das weißt du genau«, entgegnete Tom.

Doch Peter wischte seine Bemerkung mit einer abfälligen Handbewegung weg.»So ein Quatsch! Ihr seid längst ein Paar. Das sehen alle außer ihr selbst. Du musst der Realität nur ins Gesicht schauen.«

Mit diesen Worten verabschiedete er sich ins Bett und verschwand im Flur. Tom und Jula hingen noch einen Moment ihren Gedanken nach, räumten dann aber die Küche auf und zogen sich auch in ihre Zimmer zurück.

Waren Joschi und er tatsächlich längst ein Paar und wollte er das einfach nur nicht wahrhaben? Tom starrte an die Decke seines Zimmers. Er vermisste Joschi und befürchtete, dass es dem ziemlich dreckig ging. Wegen ihm. Das wollte er nicht. Niemand sollte sich wegen ihm scheiße fühlen. Eigentlich wollte er nur, dass ihn alle mochten.

Toms Gedanken wanderten zu Julian. Was wäre, wenn der sich wirklich outete und sich in Tom verguckt hatte? Möglich war das. Aber wie würde er selbst damit umgehen?

Und Phil? Morgen würde Tom zum ersten Mal bei ihm zu Hause vorbeigehen, denn sie wollten an der Hausarbeit für das Seminar arbeiten. Tom hatte keine richtige Vorstellung davon, wie Phil lebte. Vermutlich hauste er in einer kleinen Wohnung, damit er sich nicht mit Mitbewohnern herumärgern musste. Das würde zu Phil passen. Tom stellte sich vor, wie sie in Phils Zimmer auf dem Boden saßen und die Literatur sichteten. In seiner Fantasie berührten sie sich dabei immer mal wieder, bis Phil die Fassung verlor und Tom auf sein Bett zerrte. Bei der Vorstellung, wie Phil ihn küsste, bekam Tom eine Erektion. Komischerweise beendete dies seine düsteren Grübeleien. Die Gedanken an Phil brachten eine Leichtigkeit zurück, die ihm gerade sehr fehlte. Er umfasste seinen Schwanz mit der rechten Hand und griff nach seinem Handy, auf dem er irgendwo ein Foto von Phil gespeichert hatte.

Als er auf sein Handy sah, entdeckte er, dass Phil ihm geschrieben hatte und wissen wollte, wann Tom am nächsten Tag kommen würde. Der lachte leise. Kommen wollte er am liebsten sofort. Während er Phil zurückschrieb, rieb er seinen Steifen. Phil antwortete direkt. Tom hatte sich in seiner Nachricht ziemlich oft vertippt und Phil erkundigte sich mit einem lachenden Smiley, ob er betrunken sei oder sich gerade einen runterholte. Als wenn er genau wüsste, was Tom gerade tat.

Beides, tippte Tom mit einem erstaunten Smiley, den Phil interpretieren konnte, wie er wollte. Dann spritzte er in seine Boxershorts ab.

Gute Entscheidung, textete Phil mit Daumen hoch zurück.

Sie verstanden sich.

NEUN

TOM WAR SICH nicht sicher, ob er gestern Abend zu weit gegangen war, als er Phil getextet hatte. Aber das konnte er jetzt nicht mehr ändern. Deshalb verschob er das Grübeln, als er am Nachmittag in Phils Wohnung stand, wo sie ihre Hausarbeit planen wollten.

Und auch Phil erwähnte Toms Nachricht nicht, sodass sie sich ganz auf das Hausarbeitsthema und die umfangreiche Literatur konzentrieren konnten. Wie erwartet lebte Phil allein in einem Ein-Zimmer-Appartement unter dem Dach. Die Sonne heizte das Zimmer ziemlich auf, obwohl Phil die Fenster weit aufgerissen hatte. Zwei Stunden lang brachten sie Ordnung in ihr Projekt, bis sie beschlossen, dass es für diesmal reichte und Phil zum Kiosk an der Ecke ging, um Bier zu holen. In der Zwischenzeit sah sich Tom neugierig in der kleinen Wohnung um.

Auf Ordnung schien Phil nicht besonders viel Wert zu legen. Seine Bettdecke war zerwühlt an die Wand gestopft, der Wäschekorb quoll über und auf dem Fußboden lagen Bücher, Unterlagen und Zeitungen verteilt. Tom stellte sich vor das übervolle Bücherregal und sah die Titel durch. Die meisten kannte er, doch vor allem bei den Philosophen, die Phil offenbar gerne las, stand er total auf dem Schlauch.

»Hast du Nietzsche mal gelesen?«, fragte Phil, als er mit einer Tasche voller Bierflaschen zurückkam.

Tom hatte sich eines der Bücher des Philosophen aus dem Regal genommen und las stehend darin. Er stellte das Buch zurück.

»Muss man den lesen?«

»Auf jeden Fall«, antwortete Phil und reichte ihm eine Flasche Bier. Sich selbst machte er auch eine Flasche auf und stellte die anderen in den Kühlschrank.

»Im Grunde schreibt der fast nur über Sex.«

Mit einem breiten Grinsen stieß er mit Tom an.

Da war das Thema also wieder. Phil schien nicht davon lassen zu können. Aber vielleicht bildete Tom sich das nur ein, so wie er überall Sex vermutete und das immer beschämender fand. Er trank einen Schluck Bier.

»Ich gebe zu, das ist ein bisschen übertrieben«, ergänzte Phil. »Natürlich schreibt Nietzsche auch über anderes. Aber das Lustige ist, dass man den Sex an vielen Stellen in seine Texte reininterpretieren kann.«

Phil streckte sich auf seinem Bett aus, wobei ihm das T-Shirt ein wenig hochrutschte, sodass Tom einen kurzen Blick auf Phils Bauch erhaschte. Als er das realisierte, wandte er schnell die Augen ab. Nicht schon wieder! Er setzte sich ans Ende des Bettes, denn außer dem Schreibtischstuhl gab es in diesem Zimmer keine Sitzgelegenheit, und bei der Arbeit an der Hausarbeit hatten sie auf dem Fußboden gesessen. Sie sprachen über die Philosophen, die Phil las. Phil hatte wirklich Ahnung von der Materie.

»Warum studierst du nicht Philosophie?«, fragte Tom. »Du weißt so viel darüber – das würde doch genau passen.«

Phil verdrehte die Augen. »Weil die Philosophen alle einen Schuss haben. Und ich nicht völlig abdrehen will.«

Er strich sich nachdenklich unter dem T-Shirt über den Bauch. »Außerdem ist das ja noch abgefahrener, als Literatur zu studieren.« Er sah Tom an. »Ich meine: Was sollen wir denn nach dem Studium damit machen? So viele Verlage gibt es auf der ganzen Welt nicht, um alle Literaturstudenten aufzunehmen.«

Tom hatte sich bisher wenig Gedanken darüber gemacht, was nach dem Studium werden würde. Die Arbeit in einem Verlag war vielleicht eine fixe Idee von ihm, aber noch wollte er sich von dem Traum nicht trennen. Aber vor allem war er jetzt gerade davon abgelenkt, was Phil mit seiner Hand veranstaltete. Während sie sich weiter über ihre Pläne für die Zeit nach dem Studium unterhielten, wanderte die Hand immer wieder über den Bauch, strich über den Bund der Unterhose. Tom stellte zu seinem Entsetzen fest, dass ihn das ziemlich antörnte. Als Phil in die Küche ging, um neues Bier zu holen, tastete Tom heimlich über seine eigene Hose und fühlte die leichte Erektion. Er durfte jetzt nicht aufstehen, sonst wurde es peinlich.

»Und du hast dir also gestern einen runtergeholt, als du mir geschrieben hast?«, fragte Phil und reichte Tom die nächste Flasche. »Woran hast du dabei gedacht?«

Er schmiss sich wieder auf das Bett, diesmal etwas näher an Tom, sodass sich ihre Füße kurz berührten. Tom zog seinen Fuß vorsichtig zu sich heran, um weitere Berührungen zu vermeiden.

»Woran man halt so denkt, wenn man sich anfasst«, antwortete er ausweichend. »Woran denkst du beim Wichsen?«

Phil lachte. »Immer nur an dich«, meinte er scherzhaft. »Nein, Quatsch. Meistens denke ich an Frauen. Mit denen kenne ich mich ja aus.«

Phil starrte an die Zimmerdecke, ließ seine Hand gedankenverloren wieder unter dem T-Shirt verschwinden und Tom zwang sich, gelassen in eine andere Richtung zu gucken. Dann wandte sich Phil ihm wieder zu. »Aber ehrlich gesagt, kommen mir hin und wieder auch schon mal andere Bilder in den Kopf.« Er feixte. »Ich spiele Handball im Verein und nach dem Training duschen wir natürlich alle zusammen. So ein nackter Mann kann schon sehr erotisch sein.«

Tom hatte einen trockenen Mund und wusste nicht, was er dazu sagen sollte. Selbstverständlich kannte er das auch vom Sport in der Schule. Aber weil es ihm total unangenehm war, den anderen auf die Hintern oder sogar auf die Schwänze zu starren, hatte er den Sport nach der Schule komplett aufgegeben. An seinen kleinen Fettpölsterchen konnte er das Ergebnis gut sehen. Hin und wieder joggte er, das war alles. Aber danach lief er ja nicht Gefahr, mit anderen unter der Dusche zu stehen.

»Seit mir das aufgefallen ist, habe ich beim Onanieren auch manchmal einen Typen im Kopf.« Phil richtete sich halb auf und stieß Toms Bein mit dem Fuß an. »Was ist los? Findest du das peinlich?«

»Nein«, krächzte Tom und räusperte sich. »Gar nicht. Ich denke ja auch an nackte Männer dabei.«

»Denkst du an mich?«, fragte Phil direkt und zwinkerte Tom zu.

Tom wand sich. Doch dann entschloss er sich zu einer ehrlichen Antwort.

»Gestern habe ich tatsächlich an dich gedacht.«

Schon bei der Formulierung dieser Worte meldete sich sein Penis wieder. Zum Glück hatte er eine weite Jeans an, die alles gut versteckte. Interessanterweise wanderte Phils Hand genau in diesem Moment etwas tiefer und strich wie beiläufig über die Beule, die sich in seiner eigenen Hose sanft abzeichnete. Den Blick hielt Phil dabei auf Tom gerichtet und der fragte sich, ob ihm das irgendwas sagen sollte. War das eine Aufforderung? Nein, das war unmöglich.

»Das habe ich mir gedacht«, sagte Phil lächelnd.

»Ist dir das unangenehm?«

»Ich nehme es als Kompliment«, antwortete Phil lachend. »Das ist ja der Beweis, dass ich nicht völlig unattraktiv bin. Allerdings hast du mir ja neulich schon gesagt, dass du mich nicht von der Bettkante schubsen würdest.«

Na toll. Wo saßen sie gerade? Auf einem Bett. Phil lag zwar eher, aber das spielte keine Rolle. Und mit der Hälfte der zweiten Flasche Bier im Bauch wurde Tom auch etwas mutiger. Er drückte sein Knie durch, als müsse er das Bein einfach nur mal ausstrecken, und streifte dabei wie zufällig Phils Bein, das quer vor Tom ausgestreckt lag. Phil zog sein Bein nicht zurück. Also ging Tom einen vorsichtigen Schritt weiter und legte sein Bein einfach über das von Phil. Immer noch keine Reaktion. Keiner von beiden sprach ein Wort. Als Tom den Kopf zur Seite drehte, stellte er fest, dass Phil ihn unverwandt ansah. Tom ließ sich ein wenig tiefer rutschen, sodass er auch beinahe auf dem Bett lag, und legte seine Hand auf Phils Knie. Er ließ sie einen Moment dort liegen, bevor er sie Zentimeter für Zentimeter an Phils Bein hochschob, ohne dessen Augen aus dem Blick zu verlieren.

Doch jetzt räusperte sich Phil, richtete sich auf, trank seine Flasche leer und sprang vom Bett auf. Sofort setzte sich Tom wieder auf und lehnte sich an die Wand.

»Ich muss dich jetzt leider bald rausschmeißen«, sagte Phil mit leicht belegter Stimme und sah konzentriert auf sein Handy. »Magdalena kommt gleich und wir treffen später noch eine Freundin von ihr.«

Tom bemerkte die Erektion, die deutlich sichtbar von innen gegen Phils Stoffhose drückte, und fragte sich, was das gerade gewesen war. Stand Phil auf ihn? Oder war er einfach nur mit seinen Gefühlen überfordert? Tom strich sein T-Shirt glatt und stand ebenfalls auf. Er gab sich Mühe, seine Erektion zu verstecken, war sich aber nicht sicher, ob ihm das so ganz gelang, denn mindestens einmal streifte Phils Blick Toms Hose. Er ließ sich aber nichts anmerken.

Sie verabredeten, sich am folgenden Donnerstag wieder wegen der Hausarbeit zu treffen. Beim Abschied umarmten sie sich. Tom hatte den Eindruck, dass Phil ihn dabei ein wenig zu kräftig an sich zog, sodass sich ihre Penisse durch die Hosen kurz begegneten.

Verwirrt radelte Tom nach Hause, um sich für die Skandinavistik-Party umzuziehen.

ZEHN

Kurz bevor Tom zu der Party losging, bekam er eine Whatsapp-Nachricht von Joschi, der ihn fragte, ob er mitkommen könne. Tom war überrascht. Aber er freute sich, weil er Joschi wirklich vermisste.

Klar, schrieb er also zurück. *Aber ich dachte, du wolltest mich erst mal nicht sehen.*

Das bringt ja auch nichts. Bis gleich, textete Joschi.

Sie trafen sich vor der Tür des AStA-Cafés, in dem die Party schon im vollen Gang war. Sie begrüßten sich ein wenig verhalten, doch als sie in den lauten Raum eintauchten, hatte Tom den Eindruck, dass zwischen ihnen alles genauso war wie gewohnt. Sie unterhielten sich über die Uni, tanzten mit Lisa, die kurz nach ihnen kam, und vermieden jedes Gespräch über ihre ungeklärte Beziehung. Lisa erkundigte sich zwar, ob zwischen ihnen alles in Ordnung sei, aber da Tom sie noch nicht allzu gut kannte, erzählte er ihr nichts von der Spannung zwischen ihnen.

Die Stimmung war ausgelassen und immer wieder wurde Musik gespielt, zu der sie die Tanzfläche stürmten. In den Pausen standen Tom und Joschi eng beieinander, berührten sich an den Händen und gaben sich hin und wieder einen Kuss. Nach der aufreizenden Situation mit Phil war Tom sehr auf körperliche Nähe aus. Er hatte ein schlechtes Gewissen, weil er kurz an ihn dachte, während er Joschi küsste. Dabei wusste er nicht mal, worauf das mit Phil überhaupt hinauslief. Vielleicht war gerade das das Spannende? Aber Joschi war jetzt und hier und er wollte den Moment einfach genießen. Er hatte es satt, zu viel über die Dinge zu grübeln, und hoffte, dass Joschi später mit zu ihm nach Hause kam und alles einfach so wäre wie vorher. Nähe ohne Stress.

Die Party war nicht nur von den Studenten der Skandinavistik besucht, sondern auch von vielen Leuten aus anderen Fachbereichen, wie Tom und Joschi. Außerdem sprangen sogar ein paar Jüngere auf der Tanzfläche herum, Schüler vermutlich, die schon mal eine bisschen Uniluft schnuppern wollten. Und dann sah Tom ihn. Julian. Auf den ersten Blick hatte er ihn gar nicht erkannt, weil er ganz anders gekleidet war also sonst. Was machte der denn hier? Als Julian bemerkte, dass Tom ihn anstarrte, winkte er schüchtern. Tom hob die Hand und grüßte zögernd zurück. Aber er war sich nicht sicher, ob er ausgerechnet Julian auf einer Party treffen wollte. Mit Joschi an seiner Seite.

»Kennst du den?«, fragte Joschi jetzt auch prompt.

»Das ist Julian«, antwortete Tom.

»Dein Nachhilfeschüler? Was macht der denn hier?«

»Keine Ahnung. Muss Zufall sein.«

Joschi blickte Tom skeptisch an. »Zufall?«

Tom war sich alles andere als sicher. Aber was sollte es auch sonst sein? Dann fiel ihm das Telefonat mit Lisa ein, das er bei der letzten Nachhilfestunde geführt hatte. Klar, Julian hatte genau mitbekommen, dass Tom heute auf diese Party gehen würde. Das bedeutete: Julian musste geplant haben, dass sie sich hier trafen.

»Ich gehe da mal kurz rüber«, sagte er zu Joschi und drückte ihm einen Kuss auf den Mund.

Erst als er losging, wurde ihm klar, dass Julian diesen Kuss gesehen hatte. Und damit jetzt wusste, dass Tom auf Männer stand. Fast hätte er sich wieder umgedreht, um eine direkte Konfrontation mit dem Jungen zu vermeiden, doch das hätte viel mehr Erklärungen bedurft, als wenn er jetzt einfach zu ihm hinüberschlenderte und unverfänglich mit ihm plauderte. Außerdem wollte er wissen, warum er hier war. So viel zu unverfänglich.

»Was machst du denn auf einer Uniparty?«, fragte Tom den Jungen, als er ihn erreicht hatte. »Verfolgst du mich etwa?«

Julian verzog das Gesicht zu einem fast verzweifelten Grinsen und schüttelte den Kopf. Er trug eine enge schwarze Stoffhose und ein ebenso schwarzes kurzärmeliges Hemd. In diesen Klamotten wirkte er wie verkleidet.

»Ich hatte Lust zu feiern«, sagte er.

»Aber du wusstest schon, dass ich hier bin, oder?«

Julian nickte erst, zuckte dann aber mit den Schultern. »Kann mir ja keiner verbieten, feiern zu gehen.«

»Wissen deine Eltern, dass du hier bist?«, bohrte Tom weiter.

»Pffft ... Als wenn die interessieren würde, was ich mache. Du hast meine Mutter doch getroffen.«

»Ich will nicht, dass du mir nachläufst, okay? Und das fühlt sich gerade wirklich so an.«

»Tu ich nicht. Keine Sorge.« Julian sah an Tom vorbei und wies mit dem Kopf auf Joschi. »Dein Freund?«

Tom drehte sich um und blickte über die Tanzfläche. Joschi sah mit einer Falte zwischen den Augenbrauen zu ihnen herüber. Jetzt drückte er sich von der Wand ab und kam auf sie zu.

»Ein Freund«, sagte Tom.

»Ihr habt euch geküsst«, ergänzte Julian.

»Na und?«

»Mir doch egal, was ihr macht.« Julian nippte an seinem Bier. »Solange du mich nicht anfasst.«

Tom fühlte sich, als hätte er einen Schlag in die Magengrube bekommen. Er sah den vorprogrammierten Ärger aufziehen, der aus dieser verkorksten Situation entstehen würde, und schluckte.

»Warum sollte ich das tun?«

»Warum solltest du was tun?«, fragte Joschi, der jetzt neben den beiden auftauchte. »Hallo, ich bin Joschi!«, sagte er dann zu Julian und reichte ihm die Hand.

»Nichts«, wiegelte Tom ab.

»Nichts?«, fragte Joschi und zog die Augenbrauen hoch. »Gibt es Ärger bei der Nachhilfe?«

»Ich habe nur eine blöde Bemerkung gemacht«, rettete Julian die Situation erstaunlicherweise. »Trinkt ihr noch ein Bier?« Er hielt sein leeres Bierglas hoch. »Ich bringe euch was mit.«

Bevor Tom dagegen protestieren konnte, von seinem minderjährigen Nachhilfeschüler zu Alkohol eingeladen zu werden, verschwand der schon in Richtung Theke. Ratlos starrte Tom ihm nach.

»Der wirkt doch ganz nett«, sagte Joschi mit ironischem Unterton. »Ganz schnuckelig. Wusste er, dass du hier bist?«

Tom war klar, dass ihn jedes Ausweichen nur tiefer in die Misere reiten würde und nickte. »Er hat neulich ein Telefonat mit Lisa mitbekommen, als sie mich gefragt hat, ob ich mit zur Party komme.«

»Dann ist er also wegen dir hier.«

»Ehrlich gesagt, ich weiß es nicht.« Tom ließ resigniert die Arme hängen. »Vermutlich wollte er einfach wissen, wie so eine Uniparty ist.«

Julian kam mit drei Biergläsern zurück und sie prosteten sich zu. Zum Glück stieß jetzt auch Lisa zu ihnen, die begeistert von einem süßen Kerl erzählte, der sie gerade angeflirtet hatte. Sie quasselte einfach drauflos, sodass sich Tom innerlich ein wenig zurücklehnen konnte. Als Lisa Julian bemerkte, fragte sie ihn sofort aus, wer er sei und was er hier mache und ob er sich unter den Studenten wohlfühle. Julian antwortete wie ein braver Gymnasiast auf alle Fragen und hörte ansonsten schweigend zu. Hin und wieder bemerkte Tom seinen Blick von der Seite, den er entweder ignorierte oder mit einem knappen Lächeln quittierte.

Und dann stand auch noch Finn plötzlich neben ihnen. Den hatte Tom völlig vergessen, obwohl er gewusst hatte, dass er hier auch herumschwirren würde. Außerdem hatte er verpeilt, Joschi vorzuwarnen, der schon bei der Erwähnung von Finns Namen schlechte Laune bekam. Natürlich war Finn betrunken und Tom war sich sicher, dass er auch andere Drogen eingeschmissen hatte, denn er war aufgekratzt und zappelte in einer Tour herum. Und dann entdeckte er Julian.

»Du hast ja schon wieder so ein süßes Schneckchen dabei!«, jubelte er. Dann wandte er sich an Joschi: »Vor ein paar Tagen habe ich Tom mit so einem sexy Kerl in einer Kneipe getroffen. Er scheint ein Händchen dafür zu haben und hat sich ziemlich schnell in der Stadt eingelebt, findest du nicht?«

Joschi starrte Finn ausdruckslos an und sagte nichts.

Finn wandte sich an Tom. »Ist der sauer?«, fragte er. »Mach, dass er wieder glücklich aussieht.« Er drehte sich einmal im Kreis und blieb dann an Lisa hängen.

»Tom kann die Menschen wirklich glücklich machen, nicht wahr?« Lisa nickte verhalten. »Mich hat er auf jeden Fall einmal sehr glücklich gemacht!« Finn drehte sich weiter und stoppte wieder bei Tom. »Mir tut wirklich so leid, was passiert ist. Aber mit dir hatte ich nun mal den besten Sex meines Lebens.«

Da platzte Tom der Kragen. Er schob sein Gesicht nah an Finns heran und knurrte: »Halt den Mund! Das interessiert hier keinen«.

Finns Miene gefror. »Warum sollte ich denn? Du vögelst dich doch durch die Stadt und schleppst ständig neue Kerlchen an.« Er wies auf Julian, der mit erschrockenem Gesicht danebenstand. »Jedes Mal wenn ich dich sehe, hast du einen anderen dabei. Und das Alter scheint dir dabei egal zu sein. Lass mir doch wenigstens den Spaß, dich damit aufzuziehen.«

Joschi drehte sich wortlos um und marschierte auf den Ausgang zu. Tom war hin- und hergerissen, ob er Finn in die Fresse schlagen sollte – dabei hatte er sich noch nie in seinem Leben geprügelt –, Julian in Schutz nehmen oder hinter Joschi herlaufen sollte. Er entschied sich für Joschi, zischte Lisa noch kurz zu, auf den Kleinen aufzupassen, und rannte seinem Freund nach.

Im Vorraum war es so voll, dass Tom kaum durchkam. Joschi musste sich regelrecht durch die Menge hindurchgepflügt haben, denn als Tom draußen ankam, hatte er schon die nächste Kreuzung erreicht. Tom rannte los und erwischte ihn, als die Ampel gerade auf Grün sprang.

»Warte!«, rief er und hielt ihn zurück.

Joschi wollte sich losmachen, doch Tom ließ ihn nicht gehen, sondern zog ihn auf den Bürgersteig zurück. Tom drehte ihn zu sich herum und sah die Tränen, die Joschi über die Wangen liefen. Joschi wischte sie wütend weg und starrte Tom an.

»Was willst du denn noch von mir?«, schrie er. »Wie oft willst du mich noch demütigen?«

Tom war entsetzt. Über die Heftigkeit von Joschis Reaktion und über sich selbst. Trauer schnürte ihm den Hals zu. »Das will ich doch alles gar nicht«, sagte er leise. »Ich kann doch nichts dafür, dass dieser Typ hier auftaucht und Scheiße labert.«

»Finn? Pfft ... Der ist ein Idiot. Wenn er nicht unter Drogen steht, dann heult er rum, weil er sich danebenbenommen hat. Das kenne ich längst und der geht mir am Arsch vorbei.«

»Was meinst du dann?«, fragte Tom vorsichtig nach. »Triffst du dich mit anderen Kerlen?«

»Ich habe dir doch erzählt, dass ich mit Phil ein Bier trinken war. Finn kam vorbei und hat die gleiche Nummer wie gerade abgezogen.«

Joschi atmete tief durch. Er schien sich ein bisschen zu beruhigen.

»Phil, stimmt, das hast du gesagt.«

»Joschi, ich will dir nicht wehtun. Wirklich nicht. Aber du kannst mich nicht einsperren.«

Tom bereute den letzten Satz sofort. Joschis Gesicht verzerrte sich wieder. Aber er schluckte die neuen Tränen offenbar herunter.

»Und der Junge? Was ist mit dem?«

»Julian? Das ist mein Nachhilfeschüler. Mehr nicht. Und das weißt du.«

»Er hat sich in dich verliebt«, sagte Joschi bestimmt. »Ich sehe so was.«

»Selbst wenn es so sein sollte, dann kann ich doch nichts dafür.«

Joschi sah ihn jetzt sehr ernst an. »Du musst damit aufhören. Du solltest ihn nicht weiter unterrichten.«

Tom schloss die Augen, damit Joschi nicht sah, wie genervt er war, dass schon wieder jemand an ihm herumzerrte und versuchte, ihm Vorschriften zu machen, wie er sich zu verhalten habe. Er atmete tief durch die Nase aus und sah seinen Freund wieder an.

»Das kann ich nicht. Das ist mein Job. Und der ist gut bezahlt. Und ich finde so schnell keinen anderen. Ich kann damit nicht einfach aufhören.«

Joschi nickte. Tom nahm ihn in die Arme und drückte ihn.

»Ich gehe jetzt nach Hause!«, sagte Joschi.

»Soll ich mitkommen?«

»Nicht heute.«

Joschi löste sich aus der Umarmung und stand einen Moment lang da, als müsste er noch überlegen, was er als Nächstes tun wollte. Dann drehte er sich um und ging.

Eine Weile sah Tom ihm nach und fragte sich, ob er sich über Joschis Entscheidung hinwegsetzen und ihm folgen sollte. Doch dann trabte er langsam zur lauten Musik zurück, wo sein Fahrrad noch angekettet war.

Vor dem Eingang des Partyraums wartete Julian auf ihn. Er stand, wieder in seinen Hoodie gehüllt, allein im Halbdunkel und sagte kein Wort, als Tom auf ihn zutrat. Einen Moment lang sahen sie sich schweigend an. Dann räusperte sich Julian.

»Ich wollte nicht einfach so abhauen, ohne mich zu verabschieden.«

»Das ist nett von dir. Wo sind die anderen?«

»Lisa hat diesen Typen von mir weggezerrt und mir gesagt, ich solle besser verschwinden.«

»Das war vermutlich genau das Richtige.«

»Was ist mit deinem Freund?«

Tom fühlte den Schmerz darüber, dass er Joschi wieder verletzt hatte, tief in sich rumoren. Er schnürte ihm erneut den Hals zu. Mühsam schluckte er.

»Bei ihm ist alles gut. Er geht nach Hause.«

»Und der andere? Stimmt das, was er gesagt hat?«

»Was meinst du?«

»Dass du dich durch die ganze Stadt vögelst.«

Tom stöhnte. Er wollte darüber nicht sprechen. Mit niemandem. Und schon gar nicht mit seinem Nachhilfeschüler, der sich vielleicht in ihn verliebt hatte, obwohl er noch gar nicht geoutet war, und der ganz offensichtlich nicht wusste, wo er hingehörte.

»Das ist Quatsch. Aber darüber reden wir ein anderes Mal.«

Julian schüttelte den Kopf. »Nein, ich will das eigentlich gar nicht wissen.«

Dann drehte er sich um, zog sich die Kapuze des Hoodies über den Kopf, winkte noch einmal und ging mit hochgezogenen Schultern die Straßen hinunter.

ELF

WIEDER VERSCHWAND JOSCHI ein paar Tage lang in der Versenkung und ging nicht ans Telefon, wenn Tom ihn anrief. Auch auf Nachrichten reagierte er nicht. Daher war Tom etwas durch den Wind, als er ihn auf Lisas Geburtstagsfeier in der Woche darauf traf. Tom sah ihn sofort, als er in die WG-Küche kam, und war unsicher, wie er sich verhalten sollte. Nach der Party am letzten Wochenende war er davon ausgegangen, dass Joschi jede Begegnung vermeiden würde. Aber jetzt war er hier.

Tom nahm sich vor, ihn so normal wie möglich zu begrüßen, doch Lisa hatte ihm schon an der Wohnungstür zugeraunt, dass Joschi Begleitung hatte. Neben ihm lehnte tatsächlich ein Typ an der Wand in der Küche, den Tom schon einmal flüchtig in einer schwulen Bar gesehen und als ziemlich unangenehm in Erinnerung hatte, weil er Joschi so plump angemacht hatte. Der hatte das damals mit einer abfälligen Bemerkung abgetan und Tom klargemacht, dass Mischa – so hieß der Typ - sich ein Jahr zuvor in ihn verknallt hatte, aber ein Vollidiot sei. Daher wunderte sich Tom, dass ausgerechnet dieser Mischa nun mit Joschi zusammen zu der Feier gekommen war. Joschi winkte Tom zu, kam ihm aber nicht entgegen, und der beschloss, sich nur ein Bier aus dem Kühlschrank zu holen und zu Lisa auf den Flur zurückzukehren.

Während sich Tom mit Lisa unterhielt, beobachtete er Joschi und Mischa aus den Augenwinkeln. Schon kurz nach seiner Ankunft waren sie ebenfalls aus der Küche in den Flur getreten, unterhielten sich aber so angeregt miteinander, dass Tom lieber wieder den Abstand suchte. Er konnte seine Gefühle nicht einsortieren. Joschi und Mischa hielten sich an den Händen, küssten sich immer wieder und Tom spürte zum ersten Mal Eifersucht in sich aufsteigen. Dabei wollte er Joschi doch so sehr gönnen, dass er sich glücklich verliebte.

In den letzten Tagen hatte ihn Finn mit Nachrichten bombardiert, in denen er sich für sein Verhalten auf der Skandinavistik-Party entschuldigte. Und auch jetzt kam wieder eine solche Nachricht bei Tom an. Finn verhielt sich genau so, wie Joschi es angekündigt hatte: Erst benahm er sich völlig daneben und danach zerfloss er in Selbstmitleid. Tom nahm sich vor, Finn in den nächsten Tagen deutlich die Meinung zu sagen. Er sollte ihn einfach in Ruhe lassen. Er hatte wirklich genug angerichtet.

Als er das Handy wieder in die Tasche steckte, stand Joschi plötzlich neben ihm.

»Alles gut bei dir?«, fragte Joschi. »Du siehst irgendwie gestresst aus.«

»Finn nervt.«

»Läuft er dir immer noch nach?«

Tom nickte. »Seit wann geht das mit Mischa?«, fragte er dann so harmlos wie möglich. Er wollte nicht den Eindruck erwecken, als missgönne er seinem Freund das Glück.

»Wir haben uns Sonntag zufällig getroffen.«

Joschi nippte an seinem Bier und betrachtete die anderen Leute im Flur scheinbar unbeteiligt. Doch Tom

kannte ihn lange genug, zu wissen, dass Joschi angespannt war und seine Umgebung genau beobachtete.
»Wo ist er denn?« Tom sah sich um. »Ihr klettet ja
sonst den ganzen Abend aneinander.«

Joschi verdrehte die Augen. »Aufm Klo. Stell dich
nicht so an! Ich will halt auch mal meinen Spaß haben.«

»Ich werde dich nicht davon abhalten.« Tom sah Joschi kritischer an als geplant. Und der quittierte das mit
einem wissenden Lächeln. »Was ist mit uns?«, fragte
Tom weiter und meinte damit das gesamte Universum
ihrer Freundschaft. Den engen Austausch, die Nähe
und natürlich auch den Sex.

»Freunde!«, sagte Joschi wie beiläufig. »Das wolltest
du doch immer.«

Ja, das hatte Tom gewollt und eingefordert. Trotzdem war er jetzt eifersüchtig. Dass Joschi ihn nach dem
ganzen Drama der letzten Zeit so einfach gegen einen
anderen Typen austauschte, versetzte ihm einen
schmerzhaften Stich. Aber er durfte sich nicht beschweren, denn er war es ja gewesen, der Joschi einen Korb
gegeben hatte. Er hatte immer wieder darauf gepocht,
lediglich eine Freundschaft zu wollen. Und noch etwas
schoss ihm jetzt schlagartig durch den Kopf: Wenn Joschi mit Mischa zusammen war, dann konnte er den Sex
mit ihm vermutlich vergessen. Denn Joschi war nicht
der Typ fürs Teilen. So viel wusste Tom von seinem
Freund. Er ärgerte sich sofort über seinen Gedanken.
Was auch immer er tat, er dachte an Sex. Er wollte so
nicht funktionieren. Er war ja nicht mehr sechzehn und
in seinem Leben ging es um mehr als dieses archaische
Rumgeficke.

In diesem Moment erschien Mischa wieder auf der
Bildfläche und Joschi schob ihn fröhlich lachend in die

Küche zurück. Tom kannte dieses Lachen. Es war nicht ehrlich. So lachte Joschi, wenn er anderen demonstrieren wollte, dass er glücklich war, aber im Grunde seiner Seele das Gegenteil fühlte.

Mischa drehte im Laufe der nächsten Stunde voll auf. Lisa stand neben Tom an der Wand und gemeinsam beobachteten sie das Geschehen in der Küche. Mischa legte mit steigendem Alkoholkonsum ein völlig übertrieben schwules Verhalten an den Tag, tuckte rum, knickte das Händchen ab und verfiel immer wieder in diesen näselnden Singsang, der Tom schon bei der ersten Begegnung vor ein paar Monaten auf den Geist gegangen war. Er stand in einem Kreis aus teils befremdeten, teils ihn bewundernden Leute, die sich im Umfeld eines Klischeeschwulen sonnten. Und Mischa genoss offensichtlich die Aufmerksamkeit, die ihm entgegengebracht wurde. Er kreischte, erzählte Anekdoten und legte seinen Zuhörern übertrieben affig die Hand auf die Schultern. Tom fiel jetzt erst auf, dass der Typ ihn weder begrüßt noch irgendwie beachtet hatte. Er brauchte Mischas Beachtung zwar nicht, aber immerhin war er der Freund seines besten Freundes. Ein ›Hallo‹ wäre drin gewesen.

Als Mischa begann, ständig an Joschis Hintern herumzufummeln, als wäre ihm völlig egal, dass alle anderen im Raum das genau mitbekamen, konnte Tom in Joschis Augen lesen, wie unangenehm ihm das war. Tom wandte sich genervt ab.

»Eifersüchtig?«, fragte Lisa leise.

Tom wollte das zuerst abstreiten. Aber vermutlich waren ihm seine Gefühle vom Gesicht abzulesen und Lisa hätte ihm sowieso nicht geglaubt. Also nickte er.

»Was ist denn passiert?«, fragte Lisa weiter. »Ihr wart doch so eng miteinander.«

»Ich habe Joschi einen Korb gegeben. Weil ich mich nicht in ihn verliebt hatte.«

»Plusquamperfekt.«

Tom sah die Freundin neben sich verständnislos an. »Was meinst du?«

»Na, du benutzt das Plusquamperfekt. Die abgeschlossene Vergangenheit.«

»Abgeschlossen ist das richtige Stichwort.«

Lisa lächelte. »Ich glaube dir kein Wort. Das ist nicht zu Ende.« Sie klopfte Tom auf die Brust, auf die Stelle über seinem Herz. »Das da hat mit Joschi noch lange nicht abgeschlossen. Das sieht ein Blinder.«

Tom sah zu seinem Freund hinüber und fragte sich, ob Lisa recht hatte. Je mehr Mischa aufdrehte, desto unruhiger wurde Joschi. Schließlich zog Joschi seinen ziemlich betrunkenen Freund hinter sich her, grüßte kurz zu Tom und Lisa herüber und die beiden stolperten aus der Wohnung. Tom unterhielt sich noch eine Weile mit Lisa und ihrer Mitbewohnerin, dann machte er sich auch vom Acker. Er hatte die Lust auf Party und viele Leute verloren und wollte einfach nur noch nach Hause und sich in seinem Bett verkriechen.

Zwölf

AM TAG DARAUF stand wieder Nachhilfe für Julian auf Toms Plan. Und er hatte absolut keine Lust darauf. Vormittags überlegte er, ob er sich krankmelden sollte. Aber dann wurde ihm klar, dass er damit der Konfrontation mit Julian bloß auswich, der er sich doch irgendwann stellen musste. Also überwand sich Tom und fuhr hin. Er atmete tief durch, bevor er die Klingel der Villa von Julians Eltern drückte und darauf wartete, eingelassen zu werden.

Julian machte ihm die Tür selbst auf, und da es im Haus sehr still war, ging Tom davon aus, dass Julians Mutter nicht zu Hause war. Dem Vater war Tom noch gar nicht begegnet. Er vermutete, dass das auch nie geschehen würde, da der, wie Julian schon beim ersten Treffen erzählt hatte, permanent durch die Welt jettete und viel zu viel arbeitete. Julian ließ ihn also herein, sah ihn nur mit leicht gesenktem Kopf an, als wolle er ein direktes Gespräch vermeiden. Gut, dachte sich Tom. Er hatte selbst keinen Bedarf zum Reden und war fast ein bisschen erleichtert, dass Julian dem ebenfalls auswich.

Sie arbeiteten konzentriert an einer Interpretation der Gretchenszene im *Faust*. Tom bemühte sich, Julian die literarische Bedeutung der Handlung nahezubringen, doch der Junge war mit seinen Gedanken woanders. Tom fürchtete, dass Julian die Begegnung auf der Party doch noch beschäftigte und er eigentlich gerne darüber reden würde. Er wollte professionell mit der Situation umgehen und seinem Schüler klarmachen, dass ihn das Privatleben seines Nachhilfelehrers nichts anging. Aber nach einer Weile kamen sie nicht mehr weiter und Tom gab auf. Sie mussten reden, auch wenn es unangenehm würde.

»Was ist heute los mit dir?«, fragte er. »Geht es um letzten Samstag?«

Julian bewegte sich nicht und schien wie erstarrt. Nichts deutete darauf hin, dass er Toms Frage gehört hatte. Der spürte die Anspannung, die Julian auf seinem Stuhl festhielt, und wartete eine Weile, bis er schließlich den Arm ausstreckte und Julian vorsichtig an der Schulter berührte. Julian zuckte zusammen und Tom befürchtete kurz, dass der Junge im nächsten Moment in Tränen ausbrechen würde. Julian krümmte sich fast unter Toms Berührung.

»Kann ich dir irgendwie helfen?«, fragte Tom weiter.

Julian schüttelte den Kopf.

»Ist es dir unangenehm, dass du mich mit meinem Freund gesehen hast?«, bohrte er.

Endlich bewegte sich Julian und sah Tom an.

»Bist du also doch mit ihm zusammen?«, fragte er leise.

»Nein, du hast recht. Ich bin nicht mit ihm zusammen. Was ich wissen will, ist, ob du es unangenehm findest, dass ich auf Männer stehe.«

Julian senkte den Blick wieder und schien nachzudenken.

»Ist das erste Mal, dass ich gesehen habe, wie sich zwei Männer küssen«, sagte er schließlich.

Tom lachte. »Du lebst in dieser Stadt und hast noch nie ein schwules Paar gesehen?«

Julian schüttelte den Kopf, hielt dann aber inne. »Doch, natürlich«, antwortete er. »Aber ich habe irgendwie nie richtig darauf geachtet. Ich kannte keinen persönlich.«

»Und jetzt fühlst du dich unsicher, weil du glaubst, ich will dich angraben?«

»Quatsch!«, rief Julian halblaut und machte dabei eine schnelle Bewegung, mit der er sein Glas umwarf, das neben ihm auf dem Tisch gestanden hatte.

Die Cola schwappte aus dem Glas über den Tisch, schoss über die Kante und stürzte wie ein Wasserfall auf Julians Hose. Erschrocken sah Julian an sich herunter. Seine Hose war klatschnass. Auf dem Tisch standen Colapfützen und das Getränk troff immer weiter an der Vorderkante herab. Tom griff schnell nach den Büchern und dem Collegeblock, doch er konnte die Sachen nicht vor der klebrigen Flüssigkeit retten. Immerhin hatte der Computer nichts abbekommen.

»Mist!«, fluchte Julian leise und stand auf.

Während Tom etwas überfordert die Bücher hochhielt, sprang Julian zu seinem Wäschekorb und fischte ein schmutziges T-Shirt heraus, mit dem er die Cola vom Tisch abwischte. Mit Boxershorts, die er in die Finger kriegte, trocknete der die Bücher ab, nachdem er sie Tom abgenommen hatte, und dann versuchte er, seine Hose sauber zu kriegen. Aber die war auf der ganzen Länge in Cola getaucht.

»Tut mir leid«, stammelte Julian und wischte mit einem weiteren T-Shirt an dem Stoff herum. »Ich glaube, ich muss mich umziehen.«

Tom nickte. »Soll ich kurz rausgehen?«, fragte er und erhob sich von seinem Stuhl.

Julian schüttelte den Kopf. »Das ist doch albern«, antwortete er. »Ich habe ja keine Angst vor dir.«

»Dann drehe ich mich einfach um, okay?«

»Ich ziehe mich nur schnell um, kein Problem.«

Julian wandte sich ab und streifte die Hose herunter. Tom versuchte, woanders hinzusehen, doch Julian stand mitten im Zimmer. Trotzdem wollte sich Tom abwenden, aber Julian leerte jetzt seine Hosentaschen und reichte Tom Stück für Stück den Inhalt. Das klebrige Handy, einen Fahrradschlüssel, den Schülerausweis, mehrere Zettel, Kaugummis, ein Bleistift. Tom legte die Sachen auf den Schreibtisch.

»Du trägst auch deinen gesamten Besitz in deiner Hose mit dir herum, oder?«, witzelte Tom und schlug den Schülerausweis auf.

»Irgendwo müssen die Sachen ja hin«, entgegnete Julian und durchwühlte die Hosentaschen weiter.

Ein verpacktes Kondom fiel Tom aus dem Ausweis entgegen und landete auf dem Teppich. Julian hob den Kopf und sah zwischen Toms Füße. Und dann wurde er knallrot.

»Scheiße.«

Er bückte sich, schnappte sich das Kondom und drehte sich suchend im Kreis. Dann verstaute er es auf seinem Nachttisch unter dem E-Book-Reader. Tom war verunsichert. Sollte er irgendwas Lustiges dazu sagen oder lieber schweigen? Sein Blick fiel wieder auf Julian, der in Boxershorts im Zimmer herumlief. Der stopfte jetzt die dreckige Hose in seinen Wäschekorb und drehte sich dann um, weil der Kleiderschrank auf der anderen Seite des Zimmers stand. Tom hoffte inständig, dass Julians Mutter nicht hereinplatzen würde. Vielleicht war sie in der Zwischenzeit nach Hause gekommen. Er konnte sich ihre Empörung in ziemlich schillernden Farben ausmalen. Und gleichzeitig verfluchte Tom sich, weil er den Jungen tatsächlich ansah. Julians Beine waren schmal und ganz hell, als hätten sie ewig keine Sonne mehr gesehen. Tom konnte sich allerdings auch kaum vorstellen, dass sich Julian in die Sonne legte. Er schüttelte den Gedanken ab. Was machte er hier? Er blickte auf den colagetränkten Schülerausweis und wollte gerade sein Handy zur Ablenkung aus der Hosentasche ziehen, als Julian leise fluchte.

»Was ist los?«, fragte Tom und wandte sich ihm zu.

»Die Shorts sind auch pitschnass.«

Und bevor sich Tom wieder abwenden konnte, zog sich Julian auch schon die Shorts runter und warf sie quer durchs Zimmer zur Dreckwäsche. Tom erstarrte. Das hier entglitt ihm, da war er sich nun sicher. Er sprang auf und wollte zur Zimmertür hechten, doch Julian stand ihm im Weg und Tom rannte ihn fast um.

»Was machst du?«, fragte Julian erschrocken.

Dann sah er an sich herab, als würde er jetzt erst realisieren, dass er bis auf T-Shirt und Socken nackt war. Tom konnte gar nicht so schnell die Augen schließen, bevor er Julians Nacktheit sah. Er spürte Hitze in sich aufwallen und sein Gesicht brannte. Sofort wandte er sich ab. Am liebsten hätte er sich in eine dunkle Ecke des Zimmers verkrochen. Julian ging schnell zu seinem Schrank und wühlte in seinen Klamotten, zog eine Unterhose heraus und streifte sie über. Langsam ging Tom zu seinem Stuhl zurück, setzte sich und schloss die Augen.

Er wollte das hier nicht. Der Junge war sechzehn. Und er war einundzwanzig und sein Nachhilfelehrer. Es war wie in einem schlechten Film, denn er schwankte zwischen Flucht und – immerhin unterdrückter – Lust und wusste, alles, was er als Nächstes tat, würde nur Ärger verursachen. Während unten irgendwo vermutlich die Mutter des Jungen bloß darauf wartete, beim Abschied wieder mit Tom zu flirten.

»Alles klar mit dir?«, fragte Julian. »Du bist knallrot im Gesicht.«

Tom öffnete die Augen. Julian hatte eine saubere Hose an und stand viel zu dicht vor ihm, also rückte er ein bisschen mit seinem Stuhl von ihm ab, weil er befürchtete, Julian zu nahe zu kommen.

»Nichts. Mit geht's gut«, murmelte Tom.

Langsam schob sich Erschrecken in Julians Gesicht, ganz so, als realisierte er jetzt erst, was gerade passiert war.

»Ist dir das so unangenehm, dass du mich nackt gesehen hast?«, fragte er.

Tom wollte nicht darüber reden. Er war fünf Jahre älter als Julian und wollte nicht, dass der Junge glaubte, er hätte es genossen, ihn nackt zu sehen. Also schüttelte er stumm den Kopf.

»Ich habe mich doch nur umgezogen«, stammelte Julian. »Beim Sport in der Schule mache ich das ständig.«

»Das ist doch was völlig anderes«, bemerkte Tom.

»Macht dich das an?«, fauchte Julian. »Du glaubst doch nicht, dass ich das extra gemacht habe? Dass ich dich anmachen wollte?«

»Natürlich nicht!«

»Hast du mir auf den Schwanz gestarrt?«

Tom sah ihn entsetzt an. »Du spinnst. Ich habe versucht, wegzugucken.«

»Aber du hast ihn gesehen.« Julian ließ sich auf seinen Drehstuhl plumpsen und starrte auf seine Unterlagen.

»Das war leider nicht zu vermeiden.«

Sie schwiegen eine Weile. Tom überlegte fieberhaft, was er sagen konnte, um die Situation zu retten. Aber er war wie gelähmt.

»Ist das so, wenn man schwul ist?«, fragte Julian schließlich. »Guckt man dann anderen Jungs ständig auf den Penis?«

Tom schüttelte den Kopf. »Nein. Nicht immer. Aber manchmal.«

Wieder schwieg Julian.

»Vielleicht ist das für dich so wie für mich, als ich euch am Samstag gesehen habe«, sagte Julian dann.

Er stand noch einmal auf und verstaute seine Sachen in der Hose. Tom beruhigt sich langsam wieder und rieb sich mit den Händen durch das Gesicht. Seine Haut brannte immer noch.

»Was wolltest du auf der Party?«, fragte er.

»Ich wollte sehen, wie du bist, wenn du nicht mein Lehrer bist. Und dann konnte ich ja schlecht einfach abhauen. Das hätte total bescheuert ausgesehen.«

Tom musste schlucken. Möglicherweise hatte Julian recht. Sie beide hatten etwas gesehen, womit sie nicht gerechnet hatten und was sich komisch anfühlte. Und Julian hatte ihn in seinen schlimmsten Ängsten erwischt, das wurde Tom in diesem Moment klar. Er befürchtete, sein Gesicht vor anderen zu verlieren. Er hatte nicht gewollt, dass sein Nachhilfeschüler wusste, dass er schwul war, weil er Ablehnung befürchtete. Und er wollte auch nicht, dass Julian seine Scham über die Nacktheit sah. Und schon mal gar nicht wollte er, dass der Eindruck entstehen könnte, er hätte den Anblick genossen.

»Und nun?«, fragte Tom und versuchte wieder, die Oberhand über die Situation zu gewinnen.

»Was meinst du?«

Eine gute Frage. Was meinte er? Ihm war die Frage einfach rausgerutscht und jetzt musste er sie in eine passable Richtung drehen.

»Können wir normal weitermachen? Mit Goethe?«

Julian nickte. Dann huschte ein Grinsen über sein Gesicht.

»Was hätte Faust gemacht, wenn er Gretchen nackt gesehen hätte?«, fragte er.

Erstaunt sah Tom seinen Schüler an. Dann lachte er gelöst.

»Keine Ahnung. Ich glaube nicht, dass er sie nackt gesehen hat. Oder was meinst du?«

»Er muss sie ja gesehen haben, denn er hat doch mit ihr geschlafen? Sie war ja schwanger.«

»Dafür müssen die beiden nicht nackt gewesen sein.«

Julian nickte. »Das stimmt. Nacktheit passte wohl nicht so ganz in die Zeit. Und Goethe hätte darüber auch nicht schreiben können.« Julian dachte nach, und schien die vorangegangene Situation mit erstaunlich leichter Hand wegzuschieben. »Aber wenn er sie nackt gesehen hätte, dann hätte er einen Steifen gekriegt.«

»Julian!«, murmelte Tom. »Lass uns das Thema wechseln.«

»Was denn? Ich rede über Literatur. Darüber, dass ein alter Sack sich an eine Minderjährige heranmacht und sie schwängert.«

Betroffen starrte Tom ihn an. Die Parallelen waren zu offensichtlich.

Julian verzog keine Miene, als er ergänzte: »Reg dich ab. Du bist gerade mal fünf Jahre älter als ich. Und im Gegensatz zu Faust hast du nichts Bescheuertes getan.«

Sie arbeiteten noch eine Dreiviertelstunde, bis Tom

schließlich seine Unterlagen zusammenräumte und möglichst schnell das Haus verließ. Zum Glück, ohne Julians Mutter zu begegnen. Immerhin etwas.

DREIZEHN

DEN ABEND VERBRACHTE Tom zu Hause. Er zog eine ausgebeulte Trainingshose über und telefonierte mit seiner Mutter. Mit der hatte er schon seit zwei Wochen nicht mehr gesprochen. Geduldig hörte er sich den Dorfklatsch an. Seine Mutter war seit Toms überstürztem Aufbruch im vergangenen Herbst immer wieder mit neugierigen Fragen der Nachbarn über ihn konfrontiert gewesen, die von der Rückständigkeit der Region im Vergleich zu der Metropole, in der Tom jetzt lebte, zeugte.

»Dein Vater musste sich neulich von der alten Röcker am Ende der Straße die Frage anhören, bei wem du dich denn angesteckt hast«, erzählte Toms Mutter. »Und ich war ganz erstaunt, wie er reagiert hat. Du weißt, er hat sich wirklich schwer damit getan, deine neue Lebensweise zu akzeptieren. Aber der Röcker hat er klipp und klar um die Ohren gehauen, dass du dich nicht angesteckt hast, sondern einfach nur so bist, wie du bist, und dass sie das im Übrigen nichts angeht.«

Tom war überrascht. Die letzten Gespräche mit seinem Vater waren eher mühsam gewesen, weil der Toms Liebesleben ständig umschiffte und sich noch nicht einmal nach Toms Studium erkundigte. Tom musste ja nicht mit seinem Vater über alle Details seines neuen Lebens in der Stadt plaudern, aber ein bisschen

Interesse an dem, was er erlebte, wünschte er sich schon. Aber vielleicht erwartete er einfach zu viel von seinem Vater.

»Und mit Joschis Eltern ist es gerade extrem schwierig«, redete seine Mutter weiter über ihre Bekannten, die am anderen Ende des Dorfes wohnten. »Die wollen einfach nicht wahrhaben, dass ihr Sohn mit einem Mann zusammen ist.«

Kurz überlegte Tom, woher Joschis Eltern wohl von Mischa wussten, da ging ihm auf, dass seine Mutter vermutlich immer noch glaubte, er selbst sei mit Joschi zusammen.

»Mama, wir sind kein Paar«, klärte er auf.

»Ach. Seit wann das denn nicht mehr?«

»Wir waren nie zusammen.«

»Komisch. Ich habe immer gedacht, dass der Joschi dein Freund ist. Ihr passt doch so gut zueinander.«

»Joschi hat einen anderen kennengelernt. Mit dem ist er jetzt zusammen.«

»Ach, wie schade!«, murmelte seine Mutter enttäuscht. »Und du? Was ist mit dir? Hast du schon jemanden kennengelernt?«

Ja, was war denn mit ihm? Das war eine gute Frage, die er allerdings nicht mit seiner Mutter diskutieren wollte. Wobei sich ihm sofort die Frage aufdrängte, mit wem er denn darüber sprechen konnte. Joschi war im letzten halben Jahr seine erste Anlaufstelle für alles gewesen, was ihn beschäftigte. Tom spürte, wie sich ihm der Hals zuschnürte, wenn er an ihn dachte. Er vermisste ihn so sehr.

»Nein, Mama. Ich konzentriere mich gerade auf mein Studium und auf den Job.«

»Du hast einen Job gefunden? Das ist ja klasse!«

»Einen kleinen erst mal. Ich gebe Nachhilfe.«

»Das hast du doch schon mal gemacht. Damals, bei der kleinen Regine.« Ein kurzes Schweigen. »Regine Röcker. Erinnerst du dich?«

»Natürlich. Englisch habe ich ihr beigebracht.«

»Die ist ja jetzt auch schon wieder schwanger.«

Obwohl Regine zwei Jahre jünger war als Tom, hatte sie vor einem Jahr ihr erstes Kind bekommen. Mit achtzehn. Tom hatte das ein bisschen zu früh gefunden, sich aber immer aus den wilden Spekulationen über den leiblichen Vater zurückgehalten.

»Der Sohn vom Klaus soll diesmal der Vater sein«, fuhr seine Mutter ungerührt fort. »Aber die Regine lebt ja jetzt in einer Kommune in der Kreisstadt und man sieht nichts mehr von ihr.«

»Hast du irgendwas von Pia gehört?«, erkundigte sich Tom, den es im Grunde herzlich wenig interessierte, was seine frühere Nachhilfeschülerin heute trieb oder mit wem.

»Ach, das weißt du noch gar nicht? Die ist nach Berlin gezogen. Und lebt jetzt mit einer Frau zusammen.«

»Wie bitte?« Tom war perplex. »Mit einer Frau? In Berlin?«

»Vor einem Monat ist die weggezogen. Hat ihre Wohnung geräumt, alles in einen Transporter geladen und ist weggefahren.«

Diese Neuigkeit musste Tom erst einmal verdauen. Pia hatte ihm im letzten Herbst die Hölle heißgemacht und ihn im gesamten Dorf geoutet. Das war ein harter Schlag gewesen. Und jetzt zog sie selbst mit einer Frau nach Berlin.

Tom erzählte noch ein paar Belanglosigkeiten, bevor er das Gespräch beendete und danach grübelnd auf seiner Matratze saß. Je länger er allein in seinem Zimmer hockte, desto häufiger schwirrte ihm durch den Kopf, was er heute mit Julian erlebt hatte. Schließlich ging er in den Flur und klopfte an Julas Zimmertür, hinter der er die unverkennbaren Geräusche eines Spielfilms hörte.

»Komm rein!«, rief Jula und hob die Wolldecke hoch, unter der sie saß. »Kriech drunter!«

»Was guckst du?«

»Hollywoodschmonzette. Nichts Besonderes.«

Während die beiden unter eine Decke gekuschelt einen mäßig interessanten Film guckten, erzählte Tom ihr von dem Ärger, den er mit Joschi hatte. Jula hörte chipskauend zu und gab hin und wieder einen kurzen Kommentar ab.

»Du musst ihm diesen Typen einfach madig machen«, sagte sie schließlich. »Wenn der wirklich so ein Idiot ist, dann sollte dir das doch nicht schwerfallen.«

»Aber ich weiß doch gar nicht, was ich will.«

Jula lachte, ohne den Blick vom Fernseher zu wenden. »Doch, das weißt du ganz genau.« Jetzt sah sie ihn an. »Du vermisst den Sex mit ihm. Und seine Nähe. Er war in den letzten Monaten jede Woche mehrmals hier bei uns. Und jetzt ist er nicht mehr da. Also vermisst du ihn.«

»Aber wenn er doch eine Beziehung will?«

»Im Moment scheint es so, als wollte er dich einfach provozieren.«

Tom erschrak. Konnte es sein, dass Joschi mit diesem Mischa nur zusammen war, um ihn eifersüchtig zu machen? Die beiden passten absolut nicht zusammen. Da krachten völlig verschiedene Welten aufeinander. Und Joschi hatte bei Lisas Feier ziemlich unglücklich gewirkt. Aber war Joschi tatsächlich in der Lage, sich auf all das einzulassen, nur damit Tom merkte, was er an Joschi hatte?

»Joschi scheint eine Menge von uns Frauen im Blut zu haben«, meinte Jula kauend. »Denn genau das würde ich tun: Mit dem nächstbesten Idioten anbändeln, damit der Traumprinz, den ich wirklich haben will, denkt: Scheiße ist die Frau scharf!«

»Hast du deshalb mit Peter geschlafen?«, fragte Tom. Jula schlug ihn mit einem Kissen und stopfte ihm Chips in den Mund, bis Tom um Gnade bettelte. Als Jula sich wieder eingekriegt hatte, sah die Wolldecke aus, als hätte es Chips geregnet.

»Die Frage ist wohl eher, ob Peter aus diesem Grund mit mir geschlafen hat«, sagte Jula schließlich. »Immerhin kriselt es in seiner Beziehung nicht erst seit gestern.«

»Was sagt denn Kathi mittlerweile?«

»Ich glaube, die beiden haben gerade eine kleine Pause eingelegt.«

»Und? Ist das gut für dich?«, fragte Tom erstaunt.

»Nee, im Gegenteil. Peter will jetzt alles wiedergutmachen und verhält sich wie ein Ehrenmann.«

Tom stöhnte. Wie er dieses Wort hasste. Die Jungs aus seinem Jahrgang in der Schule hatten damit ständig um sich geworfen. Ehrenmann hier, Ehrenmann da. Aber letztendlich waren sie doch alle Dullis gewesen. Tom grinste. Auch das Wort war total bescheuert.

»Was grinst du denn so?«, fragte Jula und leerte die letzten Chipskrümel in den Mund. Aber Tom schüttelte nur den Kopf. »Vielleicht kriegst du ja aus Peter raus, was er jetzt vorhat«, fuhr Jula fort. »Ich glaube, der braucht mal einen Kerl, der ihm sagt, wo es langgeht.«

Tom lachte. »Dafür bin ich ja genau der Richtige. Wie soll ich das denn deiner Meinung nach machen? Männergespräche in einer Fußballkneipe?«

Jula kicherte. »Nee, ich hatte gedacht, du verführst ihn und erklärst ihm dabei, dass man das mit der Monogamie nicht übertreiben sollte.«

Im Flur wurde die Wohnungstür aufgeschlossen und Peter klopfte kurz darauf an Julas Tür.

»Hier sitzt ihr.« Er strahlte die beiden an. »Ich habe mich schon gewundert. Überall war Licht an, aber keiner war da. Was guckt ihr?«

»Mädchenkram«, sagte Jula.

»Tom ist doch gar kein Mädchen.«

»Aber schwul. Dann darf der auch Mädchenkram gucken.«

»Und wenn ich auch will?«

»Dann musst du wohl schwul werden. Oder dich operieren lassen.«

Peter lachte, zog sich die Schuhe und die Jeans aus und kroch mit unter die Wolldecke, sodass Tom jetzt zwischen den beiden saß. Obwohl Jula ein relativ breites Bett hatte, wurde es zu dritt schon einigermaßen eng. Er spürte rechts das glatt rasierte Bein von Jula und links die haarige Haut von Peter. Und plötzlich fühlte er sich sauwohl mit seinen Mitbewohnern. Zusammen unter einer Decke sitzen, sich aneinander kuscheln und irgendeinen Film gucken. So durfte das weitergehen.

»Wie war die Nachhilfe heute?«, erkundigte sich Peter.

Mist. Da war ja noch was gewesen. Für einen Moment hatte Tom das Treffen mit Julian vergessen. Also erzählte er in groben Zügen, was passiert war.

»Und jetzt glaubst du, der Junge wird schwul, weil

du ihm auf seinen Pimmel geguckt hast?«, fragte Peter lachend. Er schob die Decke zur Seite, zog seine Unterhose runter und entblößte sein Geschlecht. »Ich werde jetzt auch nicht schwul, nur weil du mal draufguckst.«

Allerdings zuckte Peters Penis ein kleines bisschen, was nicht nur Tom registrierte.

»Ich bin da nicht so sicher«, sagte Jula lachend und ließ den Zeigefinger aus der geschlossenen Faust vorschnellen. »Vielleicht muss ich zur Rettung auch noch mal genauer hingucken.«

»Nix da«, sagte Peter und zog Unterhose und Decke wieder hoch. »Der ist jetzt erst mal auf Diät.«

Sie alberten noch eine Stunde lang herum, bis sich erst Peter und dann auch Tom zurückzog. Tom hatte für heute genug Pimmel gesehen und verkroch sich unter seiner Decke.

Vierzehn

Auch Phil war am nächsten Nachmittag erstaunt, als Tom ihm kurz von dem Konflikt mit Joschi erzählte. Sie saßen wieder bei ihm im Zimmer auf dem Fußboden und strukturierten ihre Hausarbeit. Sie arbeiteten die Literatur heraus, auf die sie sich beziehen wollten, und legten fest, wer welche Teile schreiben würde. Tom machte es Spaß, sich in die Literaturtheorie zu stürzen, während Phil sich lieber auf die praktische Anwendung im Originaltext konzentrierte. Die Hausarbeit nahm immer mehr Gestalt an. Nach drei Stunden beschloss Phil, dass sie genug getan hatten, und holte Bier aus der Küche, das er diesmal schon vor Toms Ankunft gekauft hatte.

»Ich frage mich immer wieder, ob ich für eine Beziehung gemacht bin«, sagte er, während er es sich auf sein Bett setzte. »Mit Magdalena habe ich gerade ziemlich Krach.«

Er erzählte von den Missverständnissen, mit denen sie sich ständig herumschlugen, und dass er den Eindruck hatte, die Beziehung gehe endgültig den Bach runter. Tom saß wie beim letzten Mal am Fußende des Bettes und vermied es, den langen Beinen seines Kommilitonen zu nah zu kommen. Das war nicht so leicht, weil der sich auf dem Bett ziemlich breitmachte und sich offenbar gar nicht daran störte, wenn sich ihre Beine in die Quere kamen.

100

»Ich weiß nicht mal, ob sie am Samstag zu meinem Geburtstag kommt«, sagte Phil und sah Tom dann erschrocken an. »Ach Mist, ich hab dich noch gar nicht eingeladen, oder?«

Tom lachte und schüttelte den Kopf.

»Also Samstag ab acht. Ich besorge Getränke. Und ich hatte eigentlich gehofft, dass du Joschi mitbringst. Irgendwie habe ich den noch nie richtig kennengelernt.«

Tom versprach, Joschi zu fragen. Vielleicht war das eine gute Gelegenheit, mal wieder etwas mit ihm gemeinsam zu machen. Und weil Phil im kleinen Kreis feiern wollte, könnte Tom damit argumentieren, dass Joschi allein kommen sollte. Ohne seinen Mischa. Er würde es einfach versuchen.

»Und was machst du jetzt mit Magdalena?«, erkundigte sich Tom. »Willst du das einfach so laufen lassen?«

»Nee, das fände ich irgendwie blöd.« Phil zog sich seinen Pulli aus, weil die Wärme das Dachgeschoss trotz der fortgeschrittenen Tageszeit schon wieder aufgeheizt hatte. »Entweder ziehe ich einen klaren Strich unter die Sache oder wir klären das und fangen uns wieder. Wir haben ja auch eigentlich den Sommer zusammen geplant. Wir wollen in der Normandie wandern. Keine Ahnung, ob das noch klappt.«

Er sprang auf und holte sein iPad vom Schreibtisch.

»Hab ich dir die Bilder vom letzten Sommer gezeigt? Da waren wir in der Bretagne wandern. Das war fantastisch.«

Er setzte sich neben Tom an die Wand und suchte in seinen Bildern nach den Fotos der Reise. Tom rückte neben ihn und zusammen guckten sie auf das Display.

Phil blätterte durch die Fotos und erzählte von der Landschaft. Tom kannte die Gegend gar nicht. Er war immer nur mal kurz von seinem Heimatort über die französische Grenze in die Vogesen gefahren. Wieder einmal ging ihm die Idee durch den Kopf, vielleicht ein Semester nach Frankreich zu gehen.

Phil rückte noch ein bisschen näher an Tom heran, damit der die Bilder besser sehen konnte. Dabei war es unvermeidlich, dass sich ihre Arme berührten. Und auch die Knie kamen sich sehr nah. Tom wusste nicht so richtig, ob ihm das unangenehm sein sollte oder ob er den Moment einfach genießen konnte. Er hatte Phils Aftershave in der Nase, gemischt mit seinem Körpergeruch, einem Hauch von Vanille und dem Bier, das sie beide tranken.

Sie sprachen über französischen Wein, mit dem sich Tom ein bisschen besser auskannte als Phil. Der wiederum schwärmte von den Meeresfrüchten, die man an der Atlantikküste natürlich überall bekam. Auf den Fotos sah Tom zum ersten Mal Magdalena, die er bislang nur aus den Erzählungen von Phil kannte. Sie wirkte in sich gekehrt, war sehr hübsch, und wenn Tom an die Zeiten zurückdachte, in denen er Frauen noch im Visier hatte, wäre sie sicherlich auch für ihn interessant gewesen.

»Wir sind am Ende auf eine winzige vorgelagerte Insel gefahren«, erzählte Phil. »Da gab es nur ein kleines Geschäft und einen Campingplatz. Und ein altes Fort. Völlig irre. Wir haben am Strand gepennt und da war fast kein Mensch, nur ein paar Einheimische und Interrailer. Aber grandiose Wellen.« Er zeigte Tom die Bilder von ihrer Schlafstelle am Strand. »Nacktbaden war da im Grunde schon Pflicht.«

Als das erste Foto auf dem Display erschien, auf dem

Phil völlig nackt war, bemerkte Tom, dass Phil nicht so schnell weiterblätterte wie zuvor. Und ihre Knie lagen dicht aneinander. Er war versucht, sein Bein zu sich heranzuziehen, ließ es dann aber, wo es war. Auch wenn sich infolge der Fotos und der körperlichen Nähe jetzt sein Schwanz aus der Ruheposition meldete. Solange er sitzen blieb, war das kein Problem. Er durfte nur nicht aufstehen. Aber das Bier war leer.

Schweigend betrachteten sie die Bilder, auf denen mal Phil, mal Magdalena nackt zu sehen waren. Es gab auch ein paar Fotos, die offenbar mit dem Selbstauslöser gemacht waren, denn da grinsten beide aus dem Display heraus.

»An dem Strand hatten wir Sex unter einem völlig klaren Sternenhimmel«, erzählte Phil und wandte Tom den Kopf zu. »Hast du das schon mal gemacht?«

Tom schüttelte den Kopf. Ganz allmählich überforderte ihn die Situation. Sein Schwanz drängte jetzt offensiver von innen gegen seine Jeans und er vergewisserte sich mit einem schnellen Blick, dass davon nichts sichtbar war.

»Das war großartig«, murmelte Phil.

Dann legte er Tom das iPad in den Schoß und stand auf. »Ich hole uns mal neues Bier«, sagte er und ging zu seiner Küchenzeile.

Tom sah sofort, dass Phil eine Erektion hatte. Das machte seine Situation nicht besser. Und auch das Foto, auf das Phil übergeblendet hatte, bevor er Tom das iPad gegeben hatte, war eher kontraproduktiv. Denn darauf sah er jetzt Phils Körper im Gegenlicht völlig schwarz und mit aufgerichtetem Schwanz. Tom starrte das Bild an und schluckte. Als er den Blick hob, stand Phil mit zwei Bierflaschen in den Händen vor ihm und hatte eine deutliche Beule in der Hose. Er sah Tom an, entdeckte das Bild und dann lachte er.

»Kunst.« Er reichte Tom eine Flasche. »Magdalena will eigentlich Kunst studieren und tobt sich deshalb manchmal aus.«

Tom war sich sicher, dass Phil ihm das Bild gezielt in den Schoß gelegt hatte. Aber er konnte doch nicht mit seinem Kommilitonen ... Der war hetero und mit einer Frau zusammen. Toms Mund war trocken, deshalb setzte er die Flasche sofort an den Hals. Phil fläzte sich wieder neben ihn, und erst dachte Tom, er wolle sich das iPad wieder nehmen, aber dann legte Phil ihm eine Hand auf den Oberschenkel. Er prostete Tom zu und trank einen großen Schluck Bier.

Tom griff nach dem iPad und legte es wieder neben sich. Noch immer war das Nacktbild von Phil auf dem Display. Er konnte seine Augen nicht davon losreißen, doch schließlich blätterte er weiter. Aber auch die nächsten Bilder waren ähnlich. Eine Detailaufnahme von Phils Brust, von seinem Gesicht und dann von seiner Erektion.

Kunst. Na, fantastisch.

Phil ließ seine Hand an Toms Oberschenkel heraufwandern. Das machte ihn fast wahnsinnig. Er scrollte weiter durch die Bilder, nahm aber die Motive nur noch am Rande wahr. Vorsichtig schob er seine Hand auf Phils Oberschenkel. Sie sprachen kein Wort. Tom strich mit der Hand an der Innenseite von Phils Oberschenkels entlang, wanderte höher und höher, bis er die Leiste erreichte. Hier verharrte er einen Moment, bis Phil bei ihm die gleiche Region erreicht hatte. Toms Erektion drängelte, aber er sollte jetzt nicht zu schnell vorgehen, denn er wusste ja gar nicht, ob er das hier wollte. Er

104

schielte zur Seite und sah, dass Phil die Augen geschlossen und den Mund leicht geöffnet hatte.

Tom schob nun seine Hand noch ein wenig höher. Er spürte die Knöpfe der Jeans unter den Fingern und dann war da Phils Schwanz. Er legte vorsichtig die Hand auf die Erektion, ließ sie eine Weile dort liegen und rieb dann ganz vorsichtig über den rauen Stoff. Der steife Penis bewegte sich leicht zuckend. Und auch Toms Schwanz wurde durch den Stoff von einer Hand umfasst. Tom wünschte sich in diesem Moment nichts sehnlicher, als dass sich seine Jeans einfach auflösen würde.

Gerade wollte er sich mit den Knöpfen von Phils Jeans beschäftigen, als er einen Blick auf sich spürte. Er sah in Phils Gesicht, der ihn verlegen anstarrte.

»Sei mir nicht böse«, flüsterte Phil. »Irgendwie fühlt sich das gerade nicht richtig an.« Vorsichtig zog Tom seine Hand zurück, während Phil seine Hand nicht bewegte. »Solange ich mit Magdalena zusammen bin, ist das irgendwie komisch.«

Tom nickte. »Das verstehe ich«, sagte er.

Phil legte seine Hand in den eigenen Schoß.

»Das war Flucht in letzter Sekunde«, murmelte er verlegen.

Tom trank einen Schluck von seinem Bier, stellte die halb leere Flasche neben das Bett und erhob sich.

»Tut mir leid«, sagte Phil. »Ich wollte dich nicht ...«

»Keine Sorge«, antwortete Tom. »Mach dir keine Gedanken.«

»Ist es in Ordnung, wenn ich dich jetzt rausschmeiße?«, fragte Phil und sah ihn mit betrübtem Blick an.

»Wir sehen uns Samstag«, antwortete Tom und hoffte, dass jetzt nicht auch noch die Freundschaft mit Phil den Bach runterging.

Doch nachdem er seine Unterlagen zusammengeräumt hatte, winkte Phil, der sich auf dem Bett nicht bewegt hatte, ihm unsicher zu und zwinkerte einmal kurz. Tom grüßte zurück und ging nach Hause.

FÜNFZEHN

TOM SCHLIEF UNRUHIG. Er träumte wieder davon, auf der Nordseeinsel zu sein. Doch diesmal war er ganz allein. Er lief mit steigender Panik über die Insel, blickte in leere Häuser, er rief nach Joschi, versuchte, mit seinem Handy irgendjemanden zu erreichen. Doch er bekam keine Verbindung. Auf der ganzen Insel schien er der einzige Mensch zu sein. Nachdem er die Häuser und Gebäude durchsucht hatte, lief er zum Strand. Hier standen leere Strandkörbe, in denen teilweise noch die Handtücher und Badetaschen lagen, ganz so, als seien vor wenigen Minuten noch Urlauber hier gewesen. Doch er sah niemanden. Die Flut spülte die Wellen in regelmäßigem Takt ans seichte Ufer. Und Tom rannte. Er lief, bis er das östliche Ende der Insel erreichte und die Nachbarinsel im Dunst sah. Und endlich sah er einen Menschen, dort drüben in der Entfernung. Tom winkte, doch der andere reagierte nicht. Also watete Tom ins Wasser, bis ihn die Wellen dazu zwangen, zu schwimmen. Aber anders als in dem Traum ein paar Nächte zuvor war die Strömung zu stark. Die einsetzende Ebbe riss ihn immer weiter vom Ufer weg. Er kämpfte und strampelte, doch er wurde mit jeder Minute weiter auf das offene Meer getrieben. Kurz bevor er ertrank, wachte Tom auf.

Um den Traum loszuwerden, riss er die Augen weit auf. Das Gefühl der über ihm zusammenbrechenden

Wellen steckte ihm noch tief in den Gliedern. Er stand auf, sah aus dem Fenster, duschte, trank Kaffee. Dennoch wurde er die lähmende Einsamkeit nicht los. Peter und Jula waren nicht zu Hause, vermutlich waren sie schon früh in die Uni oder zu ihren Jobs aufgebrochen. Was hatte er getan? Was war er nur für ein Mensch? Anstatt seinen Kopf zu gebrauchen und nachzudenken, stürzte er sich immer wieder ins Chaos. Er hatte die Verbindungen in der Heimat im letzten Herbst abrupt abgebrochen. Er hatte Pia vor den Kopf gestoßen und sie dabei verloren. Seinen Vater hatte er schwer enttäuscht. Nur von seiner Mutter bekam er ein wenig Anerkennung für die Schritte, die er gegangen war. Aber auch hier in der Stadt hatte er Raubbau an seinen Freunden betrieben. Joschi wandte sich von ihm ab, mit Phil hatte er gestern eine Grenze überschritten, die innerhalb einer Freundschaft eigentlich tabu war. In diesem Moment war Tom fest davon überzeugt, dass er wirklich allein war. Und bei seinem Umgang mit seinen Freunden war es kein Wunder, wenn er sie verlor. Tom hätte heulen können.

Seine Stimmung wurde nicht besser, als er eine Nachricht von Phil bekam, in der dieser mit vielen Smileys mitteilte, er habe sich mit Magdalena wieder vertragen und alles sei wieder in Ordnung.

Nach einer Nachmittagsvorlesung, schnappte sich Tom am frühen Abend seine Laufschuhe und rannte los. Erst durch die sonnigen Straßen des Viertels, dann am Flussufer nach Süden. Hier war er schon ein paarmal gelaufen und der gemächlich dahindümpelnde Fluss beruhigte ihn nach und nach. Im Süden sprang er die Treppe zur Autobahnbrücke rauf, lief parallel zu den Fahrbahnen auf die rechte Flussseite, legte auf dem

Weg zur nächsten Brücke einen längeren Sprint hin und trabte dann gemächlich über eine weitere Brücke und durch sein Viertel nach Hause.

Er war völlig ausgepowert, fühlte sich damit aber deutlich besser. Auf den letzten Metern bemerkte er, dass die düsteren Gedanken verflogen waren, und er sah wieder die positiven Dinge in seinem Leben. Jula und Peter waren für ihn da, so wie er für sie. Mit Joschi würde er schon einen Weg finden. Tom nahm sich vor, ihn jetzt einfach immer wieder anzurufen, bis Joschi bereit war, mit ihm zu reden. Und Phil war gestern schließlich keineswegs unbeteiligt gewesen. Er konnte selbst entscheiden, was er tat. Vielleicht brauchten sie nicht einmal darüber sprechen, dass sie aneinander herumgefummelt hatten. Auch mit seiner Mutter konnte Tom reden. Sein Vater brauchte einfach noch Zeit, die Tom ihm zugestand. Er nahm sich aber vor, auch bei ihm hartnäckig zu bleiben, damit er sich nicht ewig in sein Schneckenhaus zurückziehen konnte.

Dann fiel ihm Julian ein. Mit dem musste Tom wohl doch mal ein paar klare Worte sprechen. Nicht um ihm beim Coming-out zu helfen, da würde er sich schön raushalten. Was auch immer in Julians Kopf vor sich ging, er musste sich seine Gefühle erst einmal selbst eingestehen, bevor er sich vor einem anderen Menschen outete. Das wusste Tom von sich selbst. Er hatte immerhin zwanzig werden müssen, bis er endlich für sich selbst akzeptiert hatte, auf Männer zu stehen. Aber er würde Julian klarmachen, dass sie sich in ihren Nachhilfestunden auf Englisch und Deutsch konzentrieren sollten. Er würde die Dinge jetzt selbst wieder in die Hand nehmen. Und dieser Vorsatz machte ihn fast wieder optimistisch.

Tom bog um die letzte Straßenecke und war beinahe vor der Haustür angekommen, als er Julian auf der Stufe zum Hauseingang sitzen sah. Er stoppte erschrocken, bevor Julian ihn bemerkte. Der Junge saß mit eingezogenen Schultern vor der Tür, hatte sich, wie meistens, in seinem Hoodie verkrochen. Tom war unschlüssig, was er tun sollte. Da Julian aber offensichtlich auf ihn wartete und Tom vom Laufen verschwitzt war und unter die Dusche wollte, ging er auf ihn zu. Er musste dem Jungen klipp und klar sagen, dass er nicht gestalkt werden wollte. Er würde ihn nicht in die Wohnung lassen, sondern ihn wegschicken. Alles andere war einfach undenkbar.

»Was machst du denn hier?«, fragte er so locker wie möglich, als er mit dem Schlüssel in der Hand vor die Haustür trat.

Julian hob den Kopf und Tom sah sofort, dass er geweint hatte. Die Augen waren geschwollen, die Gesichtshaut fleckig und aus seinem Blick sprach Verzweiflung.

»Es tut mir leid, dass ich dich so überfalle«, sagte Julian leise. »Aber ich wusste nicht, wohin ich sonst gehen sollte.«

»Was ist denn passiert?«

Tom hielt immer noch den Schlüssel im Anschlag, zögerte aber, die Tür zu öffnen. Gab es denn niemanden außer ihm, an den Julian sich wenden konnte? Er hatte doch seine Eltern, hatte Freunde, Lehrer. Irgendwen. Nicht nur seinen Nachhilfelehrer.

»Ich muss mit jemandem reden.«

Julian drückte sich hoch und stand jetzt vor Tom. Er war – das fiel Tom zum ersten Mal bewusst auf – nur eine Winzigkeit kleiner als er selbst. Vielleicht wuchs sich das noch aus und er würde ihn in zwei Jahren um

110

einen halben Kopf überragen. Als Tom ihm in die Augen sah, sah er die tiefe Verzweiflung, die sich in dem Jungen festgefressen zu haben schien.

»Bin ich der Richtige dafür?«, fragte Tom vorsichtig. Julian nickte langsam. »Aber wenn ich dich störe, dann kann ich auch wieder gehen.«

Und schon steckte er seine Hände in die Hosentaschen und wandte sich ab. Tom hielt ihn am Hoodie zurück.

»Warte mal!«, sagte er und Julian blieb stehen. »Was ist denn los?«

Julians Schultern zuckten leicht. Tom ahnte sofort, dass er wieder weinte, und drehte ihn um. Tatsächlich liefen dem Jungen die Tränen über die Wangen. Also warf Tom alle seine Vorsätze über Bord.

»Komm mit!«, sagte er. »Wir gehen erst mal nach oben.«

Er schloss die Tür auf und trat in den dämmerigen Hausflur. Julian folgte ihm zögernd, wischte sich die Tränen mit dem Ärmel aus dem Gesicht und dann stiegen sie hintereinander die Treppe hoch. Natürlich war niemand in der WG, sonst hätte Julian vermutlich längst in der Küche gesessen, und hier deponierte Tom seinen Besuch jetzt. Er atmete tief durch und holte sich ein Handtuch aus dem Bad, mit dem er sich den Schweiß vom Gesicht und den Armen wischte. Er füllte zwei Gläser mit Wasser, stellte eins vor Julian und trank das andere in einem Zug leer. Dann setzte er sich dem Jungen gegenüber an den Tisch.

»Jetzt erzähl!«, forderte er ihn auf. »Hast du dich mit deinen Eltern gezofft?«

Julian schnaubte durch die Nase, bevor er den Kopf schüttelte.

»Ist irgendwas in der Schule passiert?«

Wieder Kopfschütteln. Tom hoffte inständig, dass Julians Erscheinen nichts mit ihm zu tun hatte. Doch er ahnte, dass er mit der Befürchtung nicht ganz falschlag. Innerlich wuchs ihm die ganze Situation bereits über den Kopf.

»Du musst mir schon sagen, was los ist, sonst kann ich dir nicht helfen.«

Julian wich seinem Blick aus, griff nach dem Glas und trank einen Schluck. Tom lehnte sich auf seinem Stuhl zurück und wartete. Er fischte sein Handy aus der Tasche, stellte fest, dass Julian ihn vor einer Stunde angerufen hatte, und löschte drei Nachrichten von Finn, ohne sie zu lesen.

»Hat es irgendwas mit mir zu tun?«, wagte er schließlich die Flucht nach vorne, weil er allmählich anfing zu frieren. »Bist du deshalb zu mir gekommen?«

Julian zeigte keine klare Reaktion. Seine rechte Hand zitterte leicht, als er noch einmal nach dem Glas griff, es aber sofort zurückstellte, vermutlich, weil er das Zittern nicht zeigen wollte.

»Willst du mir irgendwas sagen, worüber du bisher mit niemandem gesprochen hast?«

Das erste zaghafte Nicken. Vielleicht sollte Tom zur Polizei gehen und eine Ausbildung für Befragungen von Verbrechern absolvieren.

»Geht es dabei um Mädchen?«

Ein kurzes Lächeln huschte über Julians Gesicht, so als wolle er signalisieren, dass Tom völlig auf dem Holzweg war. Aber der verstand durchaus, was das bedeutete.

»Es geht also um Jungs.«

Ruckartig hob Julian den Kopf und starrte Tom an. Wieder lief ein Zittern durch seinen Körper, wie bei einem elektrischen Schlag. Und im nächsten Moment schossen ihm wieder die Tränen in die Augen.

»Woher ...?«, stammelte er. »Ich meine ... wie kommst du darauf?«

»Rowan und Ash? Und ich kenne dich mittlerweile ein kleines bisschen«, meinte Tom beruhigend. »Du kannst dich darauf verlassen, dass ich mit niemandem über das spreche, was du mir erzählst.« Er sah Julian eindringlich an. »Glaubst du mir das?«

Der Junge nickte, während ihm die Tränen weiter über die Wangen liefen.

»Wie war das bei dir?«, fragte Julian. »Woran hast du das gemerkt?«

»Dass ich auf Jungs stehe?« Nicken. »Irgendwie habe ich das immer gewusst. Aber ich habe mich lange versteckt.«

»Warum?«

Tom war erleichtert, dass es nicht darum ging, dass Julian sich in ihn verliebt hatte, so wie Joschi ja vermutet hatte. Trotzdem war er sich weiterhin unsicher, ob er der Richtige für dieses Gespräch war. Aber Julian saß nun einmal bei ihm in der Küche und außer ihnen beiden war niemand da.

»Ich hatte Schiss. Und ich bin in einem Dorf aufgewachsen. Da gab's das einfach nicht. In meiner Umgebung war niemand schwul oder lesbisch. Alle waren so fantastisch normal und hetero. Wem sollte ich davon erzählen?«

Julian hörte ihm aufmerksam zu, wenn seine Augen auch wie verschleiert schienen. Er nickte, als Tom geendet hatte, und drohte, sich wieder ganz in sich zurückzuziehen. Das wollte Tom verhindern, denn sonst würden sie in zwei Stunden noch hier sitzen.

»Aber dann habe ich einen alten Schulfreund wiedergetroffen.« Beim Gedanken an Joschi wurde Tom ein bisschen schlecht. Er vermisste ihn gerade jetzt so sehr. Joschi würde bestimmt die besseren Worte finden. »Und der hatte sich schon geoutet. Er hat mir zugehört und mich motiviert, zu meinen Gefühlen zu stehen.« Julian hob sachte wieder seinen Kopf.

»So, wie ich dir jetzt zuhöre«, schob Tom hinterher. »Wenn du mir von dir erzählen willst.«

Der Junge nickte langsam. Dann holte er Luft und sah Tom an.

»Glaubst du, ich bin anders?«, fragte er leise.

»Was glaubst du denn selbst?«

Er nickte und senkte den Kopf. »Ja. Irgendwie schon.«

Tom sah ihn einfach nur an, ohne weiterzufragen. Julian musste schließlich seine eigenen Worte für das finden, was ihn bewegte. Tom stand auf, füllte sein Glas erneut mit Wasser und setzte sich wieder. Er trank. Und er fror jetzt spürbar und sehnte sich nach der heißen Dusche.

»Ich habe mich vor einem Jahr in einen Jungen aus der Parallelklasse verliebt«, sagte Julian zögerlich. »Als mir klar war, dass das nicht wieder weggeht, habe ich ihm das an einem Tag nach dem Unterricht gesagt.«

Tom war beeindruckt. Das zeugte von einer gehörigen Portion Mut. Aber er sagte erst mal nichts.

»Er hat das zuerst gar nicht kapiert. Aber als bei ihm angekommen ist, was ich sagen wollte, da ist der ausgeflippt. Er hat mich gepackt und in die nächste Hecke gestoßen. Er hat mir gedroht, allen in der Schule davon zu erzählen, wenn ich es noch mal wagen sollte, ihn anzusprechen. Und dann hat er mir ins Gesicht gespuckt und mich noch tiefer in die Hecke gedrückt.«

»So eine Scheiße!«, fluchte Tom, hielt sich dann aber zurück.

Julian brauchte einen Moment, um sich zu sammeln, bevor er weitersprechen konnte.

»Am nächsten Tag haben sich meine Eltern mit mir zusammengesetzt und mir erklärt, dass sie mich auf ein Internat schicken, wenn ich noch einmal so etwas tun sollte.« Julian schluckte. »Der Typ hatte seinen Eltern alles erzählt und die haben meine Mutter angerufen.« Er machte eine Pause. Dann fragte er verzweifelt: »Was soll ich denn jetzt machen? Ich will nicht in irgendein Internat.«

Tom war erschüttert. Er hatte es sich mit seinem Outing ja nicht gerade leicht gemacht und den Prozess lange hinausgezögert. Aber Julian war noch so jung und immer noch in der Schule. Er war etwas ratlos, was er dem Jungen sagen sollte. Wie konnte er ihm helfen? Er fuhr sich nachdenklich durch die Haare.

»Meinst du, dass deine Eltern das immer noch so sehen?«

Julian nickte zaghaft.

»Und was ist, wenn du noch mal versuchst, mit ihnen zu sprechen?«

Unschlüssig sah Julian ihn an. »Was soll das bringen?«

»Seitdem ist Zeit vergangen. Vielleicht haben deine Eltern darüber nachgedacht und ihre Meinung geändert.«

»Das kann ich mir nicht vorstellen.«

»Und wenn ich mal mit ihnen rede?«

Sofort stieg dem Jungen das Entsetzen ins Gesicht. »Nein!«, sagte er heftig. »Das will ich nicht.«

»Was würdest du denn am liebsten tun?«

»Ich weiß nicht.« Julians Stimme klang verzweifelt. »Ich will nicht nach Hause gehen.«

Tom verstand ihn so gut. Aber was sollte er denn jetzt machen?

»Da ist noch was«, murmelte Julian unsicher. Er hatte den Blick erneut auf die Tischplatte gesenkt. »Ich habe mich wieder verliebt.«

»Und in wen?«, fragte Tom beklommen, weil ihm schwante, was jetzt kam.

»In dich«, flüsterte Julian kaum hörbar.

Tom war jetzt eiskalt. Das war genau das, was er doch eigentlich hatte verhindern wollen! Er hatte die Grenzen nicht deutlich genug gezogen. Wie sollte er Julian klarmachen, dass das nicht ging?

»Es tut mir wahnsinnig leid, wenn ich dir den Eindruck vermittelt habe, dass es da irgendeine Hoffnung gibt«, stotterte Tom. »Aber das ist nicht so. Mit uns, das geht auf gar keinen Fall.« Dann stand er auf, entschlossen, keine weiteren Missverständnisse zuzulassen. »Pass auf, ich muss jetzt dringend unter die Dusche. Ich war joggen und will mich nicht erkälten. Das dauert auch nicht lange. Danach überlegen wir zusammen, was du jetzt tun kannst.«

Niedergeschlagen sah Julian ihn an. Tom hätte ihn am liebsten in den Arm genommen und fest an sich gedrückt. Aber das ging natürlich nicht.

Er blieb einen Moment unschlüssig an der Tür stehen und sah auf den Jungen herab, der verloren am Tisch saß. Dann ging er in sein Zimmer, suchte sich frische Klamotten zusammen und zog sich ins Bad zurück. Die Dusche wärmte ihn wieder auf und ließ seine Gedanken wieder etwas klarer werden. Julian brauchte Hilfe. Durfte er ihm anbieten, eine Weile hier in der WG zu bleiben? Aber wie sollte das aussehen? Julian konnte ja schlecht in seinem Bett übernachten. Schnell stellte er das Wasser auf eiskalt. Er wollte unter allen Umständen verhindern, dass er irgendwelche sexuellen Gedanken mit dem Jungen verband. Abgesehen davon würde er in jeder Hinsicht Ärger mit Julians Eltern bekommen, wenn er sich einmischte. Tom drehte die Dusche aus, trocknete sich ab und zog sich an. Er musste mit Julian einen anderen Weg finden.

Als er in den Flur trat, sah er sofort, dass Julian nicht mehr in der Küche saß, sondern in seinem Zimmer aus dem Fenster sah. Den Hoodie hatte er ausgezogen und auf die Fensterbank gelegt. Er drehte sich zu Tom herum und sah ihn an.

»Findest du mich hässlich?«, fragte er mit schmerzverzerrtem Gesicht.

Tom ging in sein Zimmer und hängte die verschwitzten Sachen über die Lehne des Stuhls.

»Du bist nicht hässlich. Du bist sehr hübsch.«

»Was ist es dann?«

»Ich unterstütze dich sehr gerne dabei, deinen Weg zu gehen. Aber ...«

In diesem Moment klingelte es an der Wohnungstür. Julian schrak zusammen und starrte in den Flur.

»Das sind bestimmt meine Eltern«, sagte er.

»Wissen die, dass du hier bist?«

Julian schüttelte den Kopf. Es klingelte erneut. Diesmal energischer.

»Warum sollten die dann hier auftauchen?«, bohrte Tom nach.

Als Julian nicht antwortete, marschierte Tom durch den Flur und drückte auf den Türsummer. Im Treppenhaus hörte er bekannte Schritte. Er stöhnte genervt. Und tatsächlich schob Finn im nächsten Moment seinen Kopf um die Ecke.

»Du reagierst nicht mehr auf meine Nachrichten«, grummelte er und schob Tom zur Seite, um in die Wohnung zu gelangen.

Tom ließ resigniert die Schultern hängen. Wenn Finn ein Gespür für schlechte Momente hatte, dann stellte er das heute wieder mal unter Beweis.

»Was willst du hier?«, fragte Tom genervt.

»Freunde besuchen.« Finn sah in die Küche. »Sind Jula und Peter nicht da? Alle ausgeflogen?«

»Du sagst es.«

»Und du bist an einem Freitagabend ganz allein?«

»So gut wie.«

Bevor er Finn davon abhalten konnte, schlenderte der schon über den Flur und linste in Toms Zimmer. Dann drehte er sich erstaunt um.

»Oh, du hast Besuch! Das süße Schneckchen.«

Und schon ging er weiter in Toms Zimmer.

»Habt ihr zwei jetzt was miteinander?«, fragte er Julian, der Finn entgeistert ansah. »Du brauchst dich dafür nicht zu schämen, Kleiner. Du bist ja nicht der Erste, der mit dem schnuckeligen Tom anbändelt.«

Tom marschierte entschlossen hinter Finn her und stellte sich neben Julian.

»Finn, du liegst völlig daneben.«

Der zog die Augenbrauen fragend hoch. »Kein Techtelmechtel? Dann kann ich es ja versuchen!«

Er zwinkerte Julian zu und machte Anstalten dazu, seine Jacke auszuziehen. Doch Tom schob ihn aus seinem Zimmer.

»Das passt jetzt überhaupt nicht!«, fauchte er.

Und obwohl Finn sich gespielt zur Wehr setzte, gelang es Tom, ihn durch den Flur bis ins Treppenhaus zu bugsieren. Er warf ihm einen bösen Blick zu und schloss die Tür. Sein Puls raste und er lehnte sich erschöpft an die geschlossene Tür. Hinter sich hörte er, wie Finn leise fluchend die Treppen hinunterstolperte und dann unten die Haustür scheppernd ins Schloss fiel. Gut. Der war schon mal weg. Jetzt zu seinem anderen Sorgenkind. Julian sah ihm völlig überfordert entgegen, als er ins Zimmer zurückkam.

»Kann ich heute hierbleiben?«, fragte er schüchtern. »Nur eine Nacht. Ich kann nicht nach Hause.«

Tom stöhnte. »Du kannst nach Hause gehen. Es ist nichts passiert. Deine Eltern haben vermutlich noch gar nicht bemerkt, dass du nicht da bist. Und im Laufe der nächsten Tage überlegen wir, was du machst. Ist das ein Plan?«

Unschlüssig nickte Julian, nahm seinen Hoodie, klemmte ihn unter den Arm und schlich an Tom vorbei in den Flur. Der folgte ihm langsam. Bevor Julian die Wohnungstür öffnete, hielt Tom ihn noch einmal zurück.

»Wir finden eine Lösung. Das verspreche ich dir!«

Unendlich traurig sah Julian ihm in die Augen und Tom brach fast das Herz bei dem Gedanken, den Jungen nach Hause zu schicken. Aber ihm blieb nichts anderes übrig.

»Versprichst du mir, dass du nach Hause gehst?«, fragte er.

Julian stimmte mit einer knappen Kopfbewegung zu. Dann öffnete er die Tür, schob sich durch den Spalt und verschwand. Und Tom war wieder allein. Er schlich in sein Zimmer und sackte auf seinem Bett zusammen. Das war zu viel für ihn. Er wollte doch alles richtig und immer so gut wie möglich machen. Gerade hatte er den Eindruck, dass ihm das überhaupt nicht gelang. Er hätte jetzt gerne Joschi bei sich gehabt, um sich einfach an ihn zu kuscheln und zu heulen.

SECHZEHN

ERST AM NÄCHSTEN Morgen fiel Tom ein, dass er Joschi fragen wollte, ob er zu Phils Geburtstagsfeier mitkäme. Mehr als je zuvor wünschte er sich, Joschi zu sehen. Die Nachricht, die er ihm schickte, beantwortete Joschi prompt. Er war noch unentschlossen, ob er rausgehen wollte. Mischa hatte sich am Abend zuvor von ihm getrennt. Tom fragte sich, ob gerade alle in seinem Umfeld mit Trennungen beschäftigt waren. Das gab seiner Ablehnung gegen eine feste Beziehung doch eigentlich recht, oder? Zumindest kriselte es bei Peter und seiner Freundin, bei Phil ging es immer auf und ab, und Joschis Liaison war auch bereits vorüber. Allein in letztem Fall war Tom eher erleichtert.

Also setzte er alles daran, seinen besten Freund davon zu überzeugen, dass ihn Phils Geburtstag sicherlich ablenken würde. Joschi versprach, sich im Laufe des Tages noch einmal zu melden.

Willst du reden?, versuchte Tom, den Dialog aufrechtzuerhalten.

Ich weiß nicht, ob du gerade der Richtige dafür bist, antwortete Joschi.

An diesem Punkt hatte Joschi wohl nicht ganz unrecht. Vor allem, weil dieser Mischa vermutlich nicht Joschis eigentliches Problem war. Insgeheim hoffte Tom, dass Joschi selbst die Reißleine gezogen hatte und

121

eine längere Beziehung mit einem Mann vermeiden wollte, mit dem ihn so wenig verband. Und das warf Tom wieder auf die alte Frage zurück, was er denn selbst wollte. Durfte er seinen Freund guten Gewissens darin bestärken, diesen unangenehmen Typen fallen zu lassen, ohne selbst eine klare Position zu haben?

Denn was wollte er eigentlich? Tom wünschte sich das Gewohnte. Die enge Freundschaft und den Sex, den sie in den letzten Monaten gelebt hatten. Das hatte doch gut funktioniert, zumindest für Tom. Wenn Joschi das aber nicht reichte, musste Tom auf seine Freiheiten verzichten und sich ganz auf Joschi einlassen oder der musste sich mit dem zufriedengeben, was Tom ihm geben konnte. Das war wie eine Einbahnstraße, in der keiner umdrehen konnte.

Als Joschi am späten Nachmittag zusagte, mit zu Phils Geburtstag zu gehen, freute sich Tom zuerst. Doch dann trat ein ziemlich unangenehmer Gedanke dazwischen: Er würde Joschi zu einem Freund schleppen, mit dem er vor ein paar Tagen rumgemacht hatte. Er war so ein Idiot! Hoffentlich ging das gut. Hoffentlich verplapperte sich Phil nicht.

SIEBZEHN

Tom traf sich mit Joschi vor Phils Haustür. Der wirkte ein bisschen durchgerüttelt, hatte gerötete Augen, so als ob er gerade noch geweint hätte. Sie begrüßten sich mit einer Umarmung und Tom spürte tief in sich die Freude, seinen Freund wiederzusehen. Er nahm sich fest vor, einen schönen Abend mit Joschi zu verbringen. Vielleicht fanden sie zusammen eine Möglichkeit, sich wieder in ihrer alten Freundschaft einzurichten.

Außer ihnen waren noch etwa zwölf andere Leute in Phils Wohnung. Ein paar Leute aus der Uni, die Tom hin und wieder mal mit Phil gesehen hatte, zwei ehemalige Mitbewohnerinnen und natürlich Magdalena. Tom war es einen Moment lang etwas unangenehm, sie zu sehen, denn Phil hatte ihm ja die Fotos ihrer letzten Reise gezeigt, und die Erinnerung an die nackten Körper konnte Tom nicht so einfach aus seinem Gehirn löschen.

Mit ihren Weingläsern zogen sich Tom und Joschi in eine Ecke des Zimmers zurück und unterhielten sich. Joschi entspannte sich erstaunlich schnell und erzählte ihm von Mischa.

Sie hatten sich in einer Bar getroffen und waren betrunken bei Mischa im Bett gelandet. Details ersparte Joschi ihm zum Glück. Bei allem, was Joschi über Mischa berichtete, fühlte sich Tom in seinem Urteil bestätigt, dass das nicht hatte gut gehen können. Allerdings ließ Joschi auch durchscheinen, für ihn wäre das Thema noch nicht abgeschlossen. Er kippte Tom in den nächsten zwei Stunden seine Ängste vor dem Alleinsein und die Sehnsucht nach Zweisamkeit in den Schoß. Tom fühlte, wie es ihn zerriss, dem zuzuhören. So offen hatte Joschi noch nie mit ihm darüber gesprochen. Aber alles, was Joschi sagte, schien eine Rückkehr zum Status quo für sie beide unmöglich zu machen.

Gerade wollte er sagen, dass er sich auch allein gefühlt hatte, weil ihm Joschis Freundschaft so gefehlt hatte, da bekam Joschi eine Nachricht, die ihn offenbar völlig durcheinanderbrachte. Er schrieb zurück, wartete, las, schrieb wieder. In der Zwischenzeit war er im Grunde nicht ansprechbar.

»Was ist denn los?«, versuchte es Tom dennoch.

»Mischa«, sagte Joschi nur knapp und tippte wieder eine Nachricht in sein Handy.

»Und was will er?«

»Weiß ich noch nicht.«

Tom beobachtete seinen Freund, der das Display seines Handys weggedreht hielt, sodass er nicht erkennen konnte, was Joschi schrieb. Nach einer Weile hob der den Kopf und sah Tom an.

»Er will mich sehen«, sagte er.

»Und was machst du? Willst du ihn treffen?«

Joschi zuckte ratlos mit den Schultern. »Was soll das bringen?«

»Vielleicht klappt das ja doch noch mit euch«, sagte Tom mit leicht belegter Stimme und fragte sich sofort, ob er Joschi nicht lieber zurückhalten sollte. Wenn er ihn jetzt dabei unterstützte, eine sinnlose Beziehung weiterzuführen, würde er ihn vielleicht ganz verlieren.

Aber wenn er ihn davon abhielt, musste er sich entscheiden. Sein Zögern nahm ihm die Entscheidung ab. Jetzt kamen bei Joschi gleich mehrere Nachrichten nacheinander an. Mischa musste unheimlich schnell tippen. Oder er schickte nur einzelne Emojis. Tom war genervt, dass sich Joschi nach den langen Klagen jetzt doch wieder mit dem Typen beschäftigte. Er schien ziemlich aufgewühlt zu sein. Und Tom war plötzlich wieder total eifersüchtig. Statt etwas zu sagen, schluckte er seine Gefühle runter.

Endlich steckte Joschi sein Handy weg und trank den letzten Rest Wein aus seinem Glas. Tom drückte sich vom Boden hoch und strecke die Hand nach dem leeren Glas aus.

»Soll ich dir Wein mitbringen?«, fragte er. »Mein Glas ist auch leer.«

Joschi schüttelte den Kopf und stand ebenfalls auf. »Ich fahre jetzt zu ihm.«

»Zu Mischa? Jetzt?« Tom war wie vor den Kopf geschlagen. »Und was ist mit mir?«

»Freunde. Das weißt du doch.« Joschi grinste leicht gequält.

Er wollte sich von Phil verabschieden, doch der war in der Küchenecke gerade in ein sehr angespannt klingendes Gespräch mit Magdalena verwickelt, sodass er nur kurz winkte und verschwand.

Tom stand verloren neben der Tür und beschloss, dass er auch gehen würde. Ihm war die gute Laune für heute vergangen. Hier würde er nur weiter Trübsal blasen und sich vollllaufen lassen. Die Kopfschmerzen morgen früh waren vorprogrammiert. Er suchte seine Jacke aus dem Stapel Klamotten auf dem Bett heraus und überlegte, wie er sich, ohne zu stören, verabschieden konnte, als der Streit zwischen Phil und Magdalena eskalierte.

Tom hörte nur die Worte Wichser und Feigling, bevor Magdalena mit wutverzerrtem Gesicht an ihm vorbeimarschierte, nach Jacke und Tasche griff und türenknallend die Wohnung verließ. Einen Moment war es, abgesehen von der leise im Hintergrund dudelnden Musik, still. Alle starrten Phil an, der mit fassungslosem Blick auf die Wohnungstür blickte, dann zu seinen Freunden hinübersah, mit den Schultern zuckte und sich ein Bier aus dem Kühlschrank holte.

»Das Leben war schon immer ein Arschloch«, sagte er betont gelassen in die Runde, öffnete die Flasche mit einem Zischen und hob sie prostend in die Höhe. »Auf das Leben!«

Die anderen nahmen zögerlich die Gespräche wieder auf und Phil entdeckte die Jacke in Toms Hand. Er schüttelte den Kopf, griff nach der Weinflasche auf der Anrichte und trat auf Tom zu.

»Leg sofort deine Jacke wieder weg!«, sagte er und schüttete Toms Glas bis zum Rand voll. »Wenn du jetzt auch noch gehst, dann spreche ich nie wieder ein Wort mit dir.« Er grinste übertrieben fröhlich, wobei seine Augen ein anderes Gefühl ausdrückten.

Tom resignierte. Phil schob die Jacken auf seinem Bett zu einem großen Haufen zusammen und schuf Platz. Nebeneinander setzten sie sich mit den Rücken an die Wand und schwiegen eine Weile.

»Was war mit Joschi?«, fragte Phil schließlich und wandte sich Tom zu. »Ihr habt euch lange unterhalten. Ist wieder alles in Ordnung?«

Tom schüttelte den Kopf.

»Der hat mir erst lang und breit erzählt, wie beschissen es mit seinem Typen war und wie froh er ist, den los zu sein, und dann hat sich der Typ gemeldet und Joschi ist aufgesprungen, um zu ihm zu fahren.«

»Alles Idioten«, murmelte Phil und trank einen großen Schluck Bier. »Magdalena hat mir gerade vorgeworfen, ich würde mich dem Leben nicht stellen.«

»Ist sie schwanger?«, fragte Tom ironisch.

»Wir verhüten natürlich!«, antwortete Phil. »Sie versteht einfach nicht, dass ich im Moment nicht mit ihr zusammenziehen will. Mir ist das zu eng. Und sie hat mir mal wieder gedroht, mich zu verlassen, wenn wir uns nicht eine gemeinsame Wohnung nehmen.«

Tom hob sein Glas und stieß mit Phil an. »Na dann, prost!«

Sie unterhielten sich eine Weile über die Unmöglichkeit von Beziehungen, wechselten irgendwann zu ihrem Literaturseminar, warfen die Idee in den Raum, im Sommer gemeinsam irgendwohin zu fahren, und hin und wieder stand einer von ihnen auf, um neue Getränke zu holen. Tom wollte wissen, wer die anderen Leute im Raum waren, und hörte erstaunt, dass er der einzige engere Freund von Phil war. Die anderen schätzte Phil, kannte sie aber faktisch kaum.

»Ich wollte meinen Geburtstag nicht mit Magdalena und dir allein feiern«, sagte er leise. »Den Streit mit ihr habe ich schon geahnt und das wäre ziemlich unangenehm geworden, wenn du dann als drittes Rad am Wagen danebengesessen hättest.«

»Ich habe schon Schlimmeres erlebt«, meinte Tom. »Und im Endeffekt wäre es dann doch auf das Gleiche wie jetzt hinausgelaufen, oder?«

Phil nickte und kicherte. »Die anderen sind mir ehrlich gesagt ziemlich egal«, flüsterte er. Dann legte er

Tom eine Hand aufs Bein und sah ihn an. »Ich bin echt froh, dich zu kennen. Ohne dich wäre es ganz schön einsam und langweilig an der Uni.«

Tom merkte, wie auch ihn der Gedanke froh machte, in Phil einen Freund gefunden zu haben, auf den er sich verlassen konnte. Und vielleicht war die Idee mit einer gemeinsamen Reise gar nicht so schlecht. Er legte seine Hand auf Phils. Der Alkohol machte ihn benommen und er schloss für einen Moment die Augen. Er hörte die anderen reden, die Stimmen wurden hin und wieder lauter, die Musik dudelte weiter und der Duft von Phils Körper waberte immer mal wieder zu ihm herüber. Die Hand auf seinem Bein war warm und er spürte, wie Phil den Kopf auf seine Schulter legte.

Bald darauf erhob sich Phil, verabschiedete zwei Freundinnen, holte sich ein neues Bier und schenkte Tom Wein nach. Er plauderte eine Weile mit einer früheren Mitbewohnerin – Sofia hieß sie –, die sich danach auch mit Tom unterhielt. Sie studierte Physik und beeindruckte Tom mit wissenschaftlichen Details über Astronomie, für die er sich sonst eigentlich wenig interessierte. Hin und wieder spürte er Phils Blick auf sich und jedes Mal, wenn er dann zu ihm hinübersah, zwinkerte Phil ihm zu.

Weitere Freunde verabschiedeten sich und Tom stieg tiefer in das Astronomie-Thema ein, flirtete ein wenig mit Sofia, die offensichtlich Interesse an ihm zeigte, sagte ihr dann aber, dass er eher auf Männer fixiert wäre.

»Ach, dann war das vorhin dein Freund, mit dem du in der Ecke gesessen hast?«, erkundigte sich Sofia.

»Mein bester Freund«, korrigierte Tom und fragte sich, wie oft er das eigentlich noch betonen sollte. Ihm schien ja sowieso keiner zu glauben.

»Schade«, sagte Sofia. »Ihr würdet ein schönes Paar abgeben.«

Tom lachte bitter. Wann würden die Menschen endlich damit aufhören? Er stand auf, um aufs Klo zu gehen. Im Bad knöpfte er seine Hose auf, setzte sich auf die Klobrille und betrachtete seinen Penis. Der hatte in letzter Zeit auch nur noch die Aufgabe des Urinierens gehabt, fiel Tom auf. Als er fertig war, stand er mit runtergelassener Hose vor dem Waschbecken und versuchte, seinen Pimmel im Spiegel zu sehen. Er musste sich ein wenig recken. Das sah doch ganz passabel aus, fand er. Auch mit seinem Bauch war er heute zufrieden. Noch ein bisschen mehr joggen, dann konnte er fast von einem Waschbrettbauch reden. Zumindest mit etwas Fantasie.

Als er aus dem Bad kam, verabschiedete Phil gerade Sofia und zwei Freunde, die zusammen mit der Bahn in die Nordstadt fahren wollten. Tom sah sich um. Außer ihm war jetzt keiner mehr da. Er fischte sein Handy aus der Hosentasche und sah auf die Uhr. Kurz nach zwei. Er blickte zu Phil, der gerade die Tür schloss.

»Ich geh dann wohl auch mal«, sagte er.

»Ein Glas noch«, sagte Phil und packte die Weinflasche am Hals. »Dann darfst du gehen.«

Tom nickte und hielt ihm sein Glas hin. Phil fläzte sich auf sein Bett, nachdem er den Wein eingeschenkt und sein Bier gefunden hatte. Tom setzte sich mit angezogenen Knien ans Fußende und Phil schob seine Beine darunter.

»Sofia ist total süß«, sagte Phil mit leicht schleppender Stimme. »Wenn du nicht noch auf dem Klo gewesen wärest, wäre sie bestimmt hiergeblieben.«

Die Bierflasche hatte Phil neben das Bett auf den

Fußboden gestellt und fummelte sich schon wieder am Saum des T-Shirts herum, ließ die Hand darunter verschwinden und strich sich über den Bauch.

»Warum hast du sie nicht gefragt, ob sie bleibt?«, fragte Tom und war einen Moment lang versucht, die Augen von der Hand abzuwenden. Doch dann war ihm egal, was Phil von ihm dachte.

»Ich hatte den Eindruck, es war ihr unangenehm, mit zwei Jungs allein in der Wohnung zu bleiben.«

Tom sah Phil erstaunt an. »Ich habe ihr gesagt, dass ich auf Männer stehe.«

»Ich weiß auch gar nicht, ob ich das gewollt hätte«, sagte Phil. »Das bringt ja sowieso nur neuen Ärger.«

»Was gewollt? Mit ihr schlafen?«

»Natürlich.« Phil richtete sich halb auf. »Ich kriege mit Alkohol im Blut irgendwie immer Lust.« Er lachte. »Na ja, zumindest, bis es zu viel Alkohol ist. Dann schlafe ich einfach ein.«

Tom nickte. Das kannte er. Ihm ging es jetzt exakt so. Er spürte seinen Schwanz zum Leben erwachen. Gerade als er überlegte, ob er seine Hand auf Phils Bein legen sollte, griff der nach dem Knopf seiner Hose, machte ihn auf und zog den Reißverschluss runter. Ohne auf Tom zu achten, hob er den Hintern kurz hoch und schob die Jeans bis zu den Knien herunter. In den Boxershorts war der erigierte Schwanz deutlich zu erkennen und Tom spürte seine eigene Hose enger werden. Phil ließ jetzt auch noch die Boxershorts folgen und seine Erektion richtete sich kerzengerade auf.

Tom schloss für eine Sekunde die Augen, dann knöpfte er seine Hose ebenfalls auf und zog sie runter. Phils sah ihm direkt auf den erigierten Schwanz, als Tom sich ganz auszog. Phil folgte seinem Beispiel und zerrte sich das T-Shirt vom Oberkörper und strampelte die Hose ab. Er lag auf dem Rücken, die Ellenbogen hinter sich aufgestützt und betrachtete Tom interessiert. Seine Augen waren zwar ein wenig glasig, aber er wirkte plötzlich nüchterner als noch kurz zuvor. Und seine Brust war tatsächlich ganz unbehaart. Erst unterhalb des Bauchnabels wuchs ein schmaler Haarstreifen, der in das buschige Ungetüm der Schambehaarung überging. Phils Haut war einen Hauch dunkler als seine eigene.

Tom kniete sich zwischen Phils Beine und nahm dessen Latte in die Hand. Sie fühlte sich hart und heiß an und Phil seufzte. Er legte den Kopf kurz in den Nacken, beugte ihn aber sofort wieder nach vorne und blickte Tom direkt in die Augen.

»Bläst du mir den Schwanz?«, fragte er.

Tom beugte sich vor und nahm den harten Penis in den Mund. Er umspielte die Eichel, schloss seine Lippen um sie und bewegte seinen Kopf auf und ab. Er schmeckte die Haut und den ersten Tropfen, der aus Phils Schwanz austrat. Mit einer Hand griff er sich an den eigenen Schwanz und rieb ihn sachte. Er wollte sich Zeit lassen. Phil wand sich unter ihm und reckte ihm immer wieder das Becken entgegen. Tom genoss es eine Weile, einfach nur die Latte seines Kommilitonen im Mund zu haben und das Blut darin pulsieren zu fühlen. Doch er wollte auch ihm nicht zu früh den Abschluss gönnen, daher ließ er den Schwanz wieder frei und legte sich vorsichtig auf Phil. Ihre Gesichter waren sich plötzlich so nah wie noch nie zuvor und Tom nahm all die Gerüche wahr, die er von Phil schon kannte. Nur waren sie jetzt um ein Vielfaches intensiver.

»Ich will das jetzt auch machen«, hauchte Phil ihm

ins Ohr und schon bei der Berührung von Phils Lippen an seiner Ohrmuschel wäre Tom fast wahnsinnig geworden.

Er rollte sich von Phil herunter und der richtete sich auf.

»Stell dich auf dem Bett an die Wand«, sagte Phil und Tom gehorchte.

Die Mauer kühlte seinen Rücken angenehm, als sich Phil vor ihm hinkniete. Er nahm Toms Schwanz in die rechte Hand und begutachtete ihn eingehend.

»Ich habe noch nie einen anderen Schwanz so nah vor mir gesehen«, sagte er und blickte verschmitzt zu Tom nach oben. »Gefällt mir.« Er legte seine Lippen um Toms Eichel und ließ die Zunge um sie herumwandern. Die Lust strömte Tom vom Schwanz durch den ganzen Körper. Phil ließ die Eichel wieder frei. »Schmeckt auch lecker. Mit Nutella wäre das noch besser.«

Auf die Idee war Tom noch nie gekommen, aber sie klang durchaus reizvoll. Und tatsächlich stand Phil auf, holte ein Glas Nutella aus dem Regal, schraubte den Deckel ab und strich die Creme dick auf Toms Eichel. Der stöhnte. Und dann versenkte Phil den Schwanz tief in seinem Mund. Er leckte die Creme mit seiner rauen Zunge auf, er schob Toms Latte immer wieder in seinen Mund, und als Tom einmal nach unten sah, war Phils Mund komplett mit Nutella verschmiert. Genüsslich steckte sich Phil den Schwanz gerade wieder in den Mund, als Tom spürte, dass er sich nicht mehr lange zurückhalten konnte. Er legte seine Hände auf Phils Kopf und schob ihn vorsichtig von sich. Doch der hielt Tom ab.

»Ich will das jetzt ganz«, flüsterte er unter Tom und der gab seinen Widerstand auf.

132

Seine Erektion verschwand wieder in Phils Mund und der bewegte sich vor und zurück, sodass Tom immer mehr an sich halten musste, um nicht zu kommen. Er spannte die Pobacken zusammen und die Lust stieg in neue Höhen. Dann durchzuckte ihn der Orgasmus, der Samen strömte aus der Tiefe seines Körpers, durch den Penis und die Eichel in Phils Mund und Tom stöhnte auf. Phil unterbrach seine Bewegungen nicht und blies ihn weiter. Tom zuckte erneut und ein zweiter Strom schoss aus ihm heraus. Dann entließ Phil den Schwanz aus seinem Mund, leckte aber weiter über die Eichel, sodass auch noch ein dritter und ein vierter Strahl aus der Verengung hervorspritzten und auf Phils Gesicht landeten.

Tom sackte langsam an der Wand herunter aufs Bett. Phil hockte grinsend vor ihm und streckte sich dann aus, umfasste seine Latte und begann zu onanieren. Einen Moment lang beobachtete Tom ihn dabei, dann lehnte er sich vor und nahm Phils steifen Penis in die Hand, um ihm zu helfen. Er musste ihn nicht lange reiben, bis sich auch Phil verkrampfte und kam. Sein Samen spritzte in die Höhe, einmal, zweimal und noch ein drittes Mal, dann entspannte Phil sich mit einem leisen Röcheln.

Schweigend lagen sie ineinander verknotet auf dem Bett und Tom dämmerte fast in den Schlaf, als sich Phil regte. Er tastet nach seinem T-Shirt, wischte sich den Bauch, das Geschlecht und das Gesicht sauber und richtete sich auf.

»Das war für das erste Mal gar nicht so schlecht«, meinte er.

Dann stand er auf und sah sich in seinem Zimmer um. Leere Bier- und Weinflaschen, Gläser, Schälchen mit Chipsresten und Geschenkpapier lagen überall verstreut.

»Ich räume mal schnell die Sachen weg, wenn's dich nicht stört.«

Tom arbeitete sich aus dem Dämmerzustand heraus und half ihm. Nackt bewegten sie sich durch den Raum, stellten die Flaschen neben die Tür und warfen den Müll weg. Zwischendurch betrachtete Tom seinen Kumpel immer wieder. Er hätte bis vor ein paar Tagen nicht gedacht, dass er einmal so unbefangen nackt mit ihm durch ein Zimmer laufen würde. Und Phil machte auch keine Anstalten, sich Shorts anzuziehen. Tom gefiel das. Vor allem, weil ihn Phils Körper anzog und weil das hier so unbekümmert war.

Als sie fertig waren, überlegte Tom, was er tun sollte. Er konnte hierbleiben, war sich aber nicht sicher, ob Phil das wollte. Und vielleicht wollte Phil nach dem Streit mit seiner Freundin und der neuen Sex-Erfahrung auch lieber allein sein. Also suchte sich Tom seine Sachen und wollte sich gerade anziehen, als Phil sich aufs Bett setzte.

»Du willst gehen?«, fragte er.

»Ich dachte, das ist dir lieber so.«

Phil sah ihn an und dachte offensichtlich nach. Dabei füllten sich die Schwellkörper seines Penis' schon wieder und er schüttelte den Kopf.

»Ehrlich gesagt würde ich gerne die Gelegenheit nutzen und noch mehr lernen.«

Tom blickte ihn irritiert an. »Was willst du denn lernen?«

»Ich bin neugierig.«

»Worauf?«

»Wie das Ficken geht.«

Damit hatte Tom nicht gerechnet. Blasen war für einen Hetero ja schon eine Menge. Aber ficken? Als aktiver Part war das nicht die große Herausforderung. Aber wie sollte er Phil am besten erklären, dass er sich eigentlich gar nicht so gerne ficken ließ? Er wusste, dass viele Heteros glaubten, alle Schwulen würden diese Art des Geschlechtsverkehrs am liebsten praktizieren. Aber das stimmte nicht.

»Ich mag das nicht so gerne«, murmelte Tom also.

»Aktiv oder passiv? Was magst du nicht?«

»Passiv.«

»Mir schwebte eigentlich vor, dass du mich fickst.«

Phils Schwanz war mittlerweile schon wieder auf seine volle Größe angeschwollen und auch Tom spürte das Blut deutlich in seinem Geschlecht pulsieren.

»Kannst du schon wieder?«, fragte Phil und rückte auf Tom zu, der vor ihm stand, und nahm seinen Penis in die Hand, um ihn mit ein paar sanften Bewegungen in eine aufrechte Position zu bringen.

»Wenn du mich schon so fragst«, lachte Tom.

»Na, dann lass uns doch mal sehen, ob ich das kann.« Phil grinste breit. »Ich muss mir aber vorher noch Mut antrinken.«

Er griff nach seiner noch halb vollen Flasche und leerte sie in wenigen Schlucken. Dann zog er ein Kästchen unter dem Bett hervor, in dem er Kondome und sogar Gleitgel verstaut hatte.

»Muss ich vorher irgendwas machen?«, fragte er Tom und reichte ihm die Utensilien.

»Du könntest dich kurz untenrum waschen.«

Phil sprang auf und huschte ins Bad. Tom hörte, wie er Wasser laufen ließ, und kurz darauf stand er wieder im Zimmer. Fordernd ragte sein Geschlecht vor ihm auf, als er auf Tom zukam und sich aufs Bett setzte. Tom war etwas durcheinander, aber auch schon wieder ziemlich angetörnt von dem leicht gebräunten Mann vor sich.

Er stieg aufs Bett, drehte Phil um, sodass der mit dem Rücken zu ihm vor ihm kniete. »Willst du das wirklich?«, fragte er zur Sicherheit und nahm eines der Kondome in die Hand.

»Nein«, antwortete Phil. »Aber wenn wir das jetzt nicht machen, dann werde ich das vermutlich in meinem ganzen Leben nicht mehr ausprobieren.«

Tom riss die Verpackung auf, rollte das Kondom über seine Erektion und spürte die Lust in sich aufwallen. Er wusste, dass der Analsex beim ersten Mal ziemlich schmerzhaft sein konnte, entschied sich aber dagegen, Phil das zu sagen. Vermutlich ahnte der das sowieso. Er drückte sich von hinten an ihn heran und griff gleichzeitig um ihn herum nach seinem Schwanz. Er rieb ihn, was Phil ganz offensichtlich gefiel. Dann drückte er ein wenig Gleitgel in seine Hand, verteilte sie auf seinem eigenen Glied und widmete sich dann Phils Rosette, die der ihm entgegenstreckte. Mit massierenden Bewegungen befeuchtete er sie, wanderte mit dem Zeigefinger ein paarmal um das Loch herum, bis er den Finger vorsichtig einführte. Phil stöhnte lustvoll.

»Das fühlt sich fantastisch an«, murmelte er. »Bist du schon ganz drin?«

Tom kicherte leise. »Das ist bisher nur mein Zeigefinger«, raunte er und beugte sich vor, um Phil sanft in den Nacken zu beißen. »Soll ich trotzdem weitermachen?«

»Ja, aber langsam. Ich hab ein bisschen Schiss.«

»Ich bin ganz vorsichtig. Und du kannst mir jederzeit sagen, wenn ich aufhören soll. Okay?«

Phil nickte. Dann schob Tom den Mittelfinger neben den Zeigefinger. Wieder stöhnte Phil, doch diesmal schien es schon mehr eine Mischung aus Lust und leichtem Schmerz zu sein.

»Das war der zweite Finger. Mehr kommen nicht. Versprochen.«

»Gut«, murmelte Phil und wand sich jetzt wieder lustvoller vor Tom.

Der zog nun seine Finger zurück und brachte seinen Schwanz genau vor der Rosette in Position. Er drückte ihn sanft dagegen und nach zwei Versuchen glitt er ein kleines Stück in die Tiefe. Tom durchflossen kribbelnde Ströme, während Phil ächzte. Tom verharrte einen Moment in der Position und wartete, bis sich die Muskeln ein wenig gedehnt hatten. Dann schob er sein Becken behutsam vorwärts. Phils Loch war eng, durch das Gleitgel aber sehr schlüpfrig. Tom wusste, dass er jetzt mit einem starken Stoß ganz eindringen konnte, doch er kannte auch den damit verbundenen Schmerz, der einem das Gefühl geben konnte, zu zerreißen. Und Phil schien schon jetzt fast am Limit zu sein, daher wartete Tom noch ein paar Sekunden, bevor er weitermachte. Er griff wieder nach Phils Latte, die nach wie vor prall war, und verschaffte ihm durch schnelle Bewegungen etwas mehr Lust. Dann drückte er sich einen Zentimeter weiter in ihn herein. Kurz verkrampfte sich Phil unter der Bewegung und Tom wollte sich schon zurückziehen.

Doch Phil stöhnte leise: »Mach weiter. Nicht aufhören. Das ist toll.«

Also machte Tom weiter. Er wichste Phil vorne, während er hinten Zentimeter für Zentimeter tiefer in ihn eindrang, bis er nicht weiterkonnte. Er war ganz drin und jetzt wollte er nur noch zustoßen. Doch er hielt sich zurück und bewegte sein Becken nur langsam. Phil fiel allmählich in den Rhythmus ein und drängte sich ihm immer wieder entgegen. Tom wurde schneller und zum ersten Mal in seinem Leben fickte er einen Mann so, wie er sich das wünschte. Alle anderen hatten immer ihn ficken wollen und er hatte das nie so sehr genossen, wie Phil das offenbar tat.

Sie keuchten beide schwer. Tom spürte, dass Phils Eichel feucht wurde, und an seinem Atem hörte er, dass es bei ihm nicht mehr lange dauern würde. Also erhöhte er die Geschwindigkeit. Auch er konnte sich nicht mehr lange zurückhalten. Auf Phils Rücken bildeten sich kleine Schweißperlen, die Tom am liebsten aufgeleckt hätte. Aber er wollte seine Bewegungen jetzt nicht unterbrechen.

Als ihm die Lust fast den Schwanz sprengte, verlor er kurz die Kontrolle und bewegte sich schneller und schneller. Dann ejakulierte er in Phils Arsch. Tom erschauerte durch den Orgasmus. Im gleichen Moment erbebte Phil ebenfalls und seine Erektion zuckte wieder und wieder in Toms Hand. Phil stöhnte laut. Sie verharrten einen Moment ineinander verkeilt, bevor sich Tom komplett fallen ließ, und ein weiterer Strom schoss aus seiner Erektion.

Zitternd klebten sie aneinander. Der Schweiß rann Tom in die Augen. Er hielt weiterhin Phils Schwanz in der Hand, war immer noch tief in ihn versenkt, als Phil sich aufrichtete und sich rücklings an Tom drückte. Tom legte ihm die Hände auf Bauch und Brust und schwer atmend verharrten sie so eine Weile. Dann zog Tom seinen Penis aus Phil heraus, fummelte das Kondom ab und ließ es auf den Fußboden fallen.

Sie sackten aneinandergedrückt auf das Bett und atmeten schwer. Toms Wunsch, doch noch nach Hause zu gehen, versank immer wieder in Phils warmer Haut, seinem Rücken, an den er sich drückte, und in der Berührung des nun wieder schlaffen Glieds, das Tom mit der Hand umfasst hielt. In den von Schweiß und Sperma feuchten Laken schliefen sie schließlich ein, ohne noch ein Wort miteinander zu sprechen.

ACHTZEHN

TOM WACHTE VOM Kaffeeduft auf und wühlte sich aus der Bettdecke heraus. Er hatte leichte Kopfschmerzen und verfluchte sich dafür, dass er diese Nacht nicht irgendwann von Wein auf Wasser umgestiegen war. Dann fiel ihm ein, was passiert war. Sie hatten es getan. Er hatte mit Phil geschlafen. In ihm keimte die Ahnung eines schlechten Gewissens auf, weil er die Situation so schamlos ausgenutzt hatte.

Phil setzte sich mit zwei Kaffeetassen an den Bettrand und Tom bemühte sich, wach zu werden. Er richtete sich auf, nahm seine Tasse entgegen und lehnte sich an die Wand neben dem Bett. Phil sah ihn müde an und lachte, als Tom versuchte, einen vernünftigen Ton rauszubringen. Er trug jetzt immerhin eine Unterhose.

»Ich habe dir ein bisschen Milch reingetan«, sagte er. »Ist das richtig so?«

Tom nickte. Er trank einen Schluck heißen Kaffee und sondierte die Lage. Phil rückte mit seiner Tasse in der Hand neben ihn, hielt aber einen kleinen Abstand. Keiner von beiden sprach über das, was in dieser Nacht vorgefallen war. Die Sonne schien durch eines der Dachfenster schräg in den Raum und Tom suchte nach Worten. Aber er fand keine. Vielleicht war das auch gar nicht nötig. Wenn Phil das Geschehene unangenehm gewesen wäre, dann hätte er sich bestimmt nicht neben ihn gesetzt.

Als er seinen Kaffee getrunken hatte und sein Gehirn allmählich wieder funktionierte, suchte Tom den Fußboden nach seinen Klamotten ab. Er zog Shorts, T-Shirt und Jeans an, klaubte sein Handy aus der Tasche und registrierte, dass es kurz vor zwölf war und dass er diverse Nachrichten von Joschi und Finn bekommen hatte. Die würde er später lesen.

»Was machst du heute noch?«, fragte er Phil, als er seinen Pulli und seine Jacke endlich gefunden hatte.

»Chillen«, antwortete der. »Und mir alles durch den Kopf gehen lassen.« Er sah Tom an. »Das war gestern ein bisschen turbulent und ich muss das alles mal für mich sortieren.«

Tom nickte. Er war froh, dass Phil nicht davon ausging, dass er blieb. Auch er wollte heute allein sein. Also zog er seine Schuhe an und ging auf die Tür zu.

»Dann sehen wir uns Dienstag in der Uni?«, fragte er etwas unsicher.

Vielleicht wollte Phil ihn ja auch erst mal nicht treffen. Doch der zwinkerte ihm belustigt zu.

»Klar! Wehe, du bist nicht da! Bis Dienstag.«

Tom ging die Treppen hinunter und trat in die helle Sonne. Als er sein Fahrrad gefunden hatte, radelte er zügig nach Hause. Er wollte duschen, irgendwas essen und vor allem keinen Menschen sehen.

Zwei Stunden später fuhr er mit dem Rad an den Fluss. Auf dem Uferweg radelte er nach Süden, unter der Autobahnbrücke durch, bis zu einem lang gezogenen Bogen des Flusses. Hier setzte er sich ins Gras und sah aufs ruhig dahinströmende Wasser.

Was wollte er denn eigentlich? Er hatte mit Phil geschlafen und das sehr genossen. Mehr wollte Tom auch gar nicht. Phil war vielleicht bi. Aber er steckte noch mitten in einer komplizierten Beziehung mit Magdalena. Und bei aller sexueller Attraktivität, die er gegenüber Phil empfand, bei all dem Reiz und der Anziehung, war er doch vor allem ein Freund, ein Kommilitone, nicht mehr. Vermutlich würde Phil das ähnlich sehen. Nichts deutete gerade darauf hin, dass er mehr von Tom wollte. Das hätte ihn auch überfordert. Tom hoffte, dass die Freundschaft durch letzte Nacht keinen Riss davongetragen hatte.

Ihm fielen die ungelesenen Nachrichten von Joschi und Finn ein. Also zog er sein Handy aus der Tasche und las sie. Finn hatte das übliche Zeug geschrieben und verlor sich in unerträglichem Selbstmitleid. Tom löschte die Nachricht, ohne zu antworten. Von Joschi hatte er noch mitten in der Nacht eine Entschuldigung für den überstürzten Aufbruch erhalten. Das war bescheuert, hatte er geschrieben und hinzugesetzt, dass er Tom gerne in Ruhe treffen wolle. Ja, in Ruhe, ohne andere Leute rundherum. Ohne Party und ohne Mischa. Nur sie beide. Das war ein guter Plan.

Als Tom an Joschi dachte, wurde er plötzlich traurig. Zwar hatten sie sich schon gestern lange unterhalten, doch das Gefühl des Verlustes brodelte in ihm. Er hatte Joschi von sich gestoßen und lief Gefahr, ihn ganz zu verlieren. Schon dieser Gedanke trieb Tom die Tränen in die Augen. Und dann dieser Mischa! Joschi konnte sich doch nicht ernsthaft in diesen Typen verliebt haben! Das durfte einfach nicht sein. Aber warum reagierte Tom denn eigentlich so empfindlich auf ihn? Im Prinzip war das ja Joschis Ding und würde keinen großen Einfluss auf ihre Freundschaft haben. Oder doch?

Da ging Tom zum ersten Mal auf, dass er sich längst in Joschi verliebt hatte. Wie ein Schlag erwischte ihn diese Erkenntnis. Er hatte sich schon in der Schule in Joschi verguckt, war dann nach dem Abi auf Abstand gegangen, weil er nicht wahrhaben wollte, dass er auf Männer stand. Und dann hatten sie sich zufällig wiedergetroffen, hatten entdeckt, dass die alte Freundschaft nie ganz tot war, und waren in eine lockere Affäre geschlittert. Flankiert von einer immer tiefer werdenden Freundschaft. Die viel mehr war als das, das wurde Tom nun klar. Gegenüber Pia hatte er nicht so starke Gefühle gehabt. Und es war ihm leichter gefallen, sie nach den Auseinandersetzungen gehen zu lassen. Mit Joschi war das völlig anders.

Joschi füllte Toms Herz mit Freude, allein durch seine Anwesenheit. Bei ihm fühlte sich Tom geborgen und konnte sich komplett fallen lassen. Ihn vermisste er jetzt mit jeder Faser seines Köpers. Und um ihn wollte er kämpfen. Das stand fest. In den letzten Monaten hatte er geglaubt, er müsse erst einmal frei sein, um dann den perfekten Mann zu finden, mit dem er eine Beziehung eingehen könne. Tom hatte gesucht und die Augen überall gehabt. Dabei war der Mann, den er wirklich brauchte und wollte, genau vor seiner Nase gewesen. Und er hatte das nicht wahrhaben wollen. Stattdessen hatte er sich in die Fantasien mit Phil gestürzt, die letzte Nacht wahr geworden waren. Wie zur Bestätigung, dass dieses Erlebnis nur ein flüchtiges bleiben würde, schrieb Phil nun, er habe sich soeben mit Magdalena versöhnt.

Tom spürte die Einsamkeit. Obwohl er von liebevollen Menschen umgeben war, fühlte er sich doch verloren in seiner Welt.

Tom legte sich auf den Rücken und sah in den Himmel. Kleine Wolken zogen wie Zuckerwatte über ihn hinweg. Die Frühlingsluft wehte den Duft von den angrenzenden Wiesen und Glyzinen an seiner Nase vorbei. Unter ihm kitzelte das Gras an seinen Armen und mit einem Mal hatte er Lust auf Spaghettieis. Während er darüber nachdachte, schlief er ein.

Wieder träumte er von der Insel. Wieder schien er erst allein zu sein, doch dann sah er Joschi einsam am Strand entlanggehen. Tom rief ihn, er winkte mit den Armen, doch Joschi sah ihn nicht, weil der Wind jedes Geräusch fortwehte und er in eine andere Richtung sah. Tom rannte los. Er wollte Joschi so schnell wie möglich erreichen. Aber es hatte den Anschein, als würde sich Joschi immer weiter von ihm entfernen, obwohl er doch so langsam ging. Tom rannte und schrie, während Joschi erst mit den Füßen, dann mit den Beinen und dem gesamten Körper ins Meer tauchte. Tom erreichte das Wasser und rannte weiter, bis Joschi vor ihm verschwunden war.

Der Regen fiel in dicken Tropfen, als Tom aus seinem Traum hochschreckte. Lange hatte es offenbar noch nicht geregnet, denn sein T-Shirt war noch nicht völlig durchnässt. Tom richtete sich auf. Der Schauer wirkte allmählich wie ein Weltuntergang. Die Tropfen waren schwer und fielen wie ein dichter Vorhang, der alles unter sich bedeckte. Schnell stand Tom auf und setzte sich auf sein Fahrrad. Doch im Grunde war es egal, was er jetzt tat, denn er war sowieso innerhalb von zwei Minuten bis auf die Haut durchnässt. Also radelte er langsam nach Hause und gerade, als er sein Rad abschloss, endete der Regen und der Himmel riss auf. Er sah nach oben und entdeckte einen langen Streifen Blau über sich.

Neunzehn

JULA UND PETER saßen in der Küche und brachen in Gelächter aus, als Tom triefend im Flur stand. Der riss sich die nassen Klamotten vom Leib und setzte sich mit einer Decke um die Schultern zu ihnen an den Tisch.

»Du warst letzte Nacht gar nicht zu Hause«, sagte Peter und zwinkerte ihm zu. »Mal wieder auf Männerbesuch.«

»Dann hattet ihr ja freie Bahn«, witzelte Tom zurück. Jula verdrehte die Augen. »Was denkst du denn von uns?«

Tom grinste. »Was soll ich denn denken?«

»Besser gar nichts«, meinte Peter. »Diät ist Diät.«

Mit übertriebenem Erstaunen riss Tom die Augen auf. »Immer noch?«

»Kathi will, dass Peter hier sofort auszieht«, sagte Jula und klimperte Peter mit den Augen zu. »Aber das wird Peter nicht tun, oder? Der lässt sich doch nicht erpressen.«

Tom wurde bei dem Gedanken, dass Peter tatsächlich ausziehen könnte, etwas unwohl. Sie bildeten doch so ein gutes Team, da würde es ein neuer Mitbewohner schwer haben. Und er würde Peter wirklich vermissen.

»Das machst du doch nicht?«, fragte er. »Ich meine: Da läuft doch nichts mehr zwischen euch, oder?«

Jula wiegte den Kopf hin und her, während Peter

energisch den Kopf schüttelte. Dann sahen sich die beiden an und lachten.

»Also, wo bist du nun letzte Nacht gewesen?«, erkundigte sich Jula. »Als ich heute Mittag zum Flohmarkt gefahren bin, warst du auf jeden Fall noch nicht wieder hier.«

»Ich war gestern bei Phil auf dem Geburtstag. Ist spät geworden und ich hab da gepennt.«

Peter deutete mit den Fingern Gänsefüßchen in der Luft an und wiederholte: »Gepennt?«

Tom spürte die Hitze, die sein Gesicht überrollte, und Peter lachte. »Verstehe.«

»Ich bin nicht für Diäten gemacht«, gab Tom kleinlaut zu.

In diesem Moment klingelte sein Handy, das noch in der Tasche der pitschnassen Jeans auf dem Flurfußboden vergraben war. Er rutschte von seinem Stuhl herunter und fischte es aus der Hose. Patrizia Schmitz rief an. Julians Mutter. Mit einer steilen Falte zwischen den Augen nahm Tom den Anruf entgegen, ahnend, dass der erwartete Ärger ihn eingeholt hatte. Hoffentlich hatte Julian nichts davon gesagt, dass er sich in Tom verknallt hatte. Das würde bestimmt nicht allzu glimpflich ausgehen.

»Sie müssen nächste Woche nicht kommen«, eröffnete ihm Julians Mutter direkt. »Julian hat sich entschieden, Ihre Unterstützung nicht mehr zu brauchen.«

Tom war perplex. »Was ist denn passiert?«, erkundigte er sich und zog sich die Decke etwas enger um den Körper, weil es ihm unangenehm war, mit der Mutter quasi nackt zu telefonieren, und ging in sein Zimmer.

»Fragen Sie mich bloß nicht nach den Launen meines Sohnes. Die Gründe hat er mir nicht genannt.«

»Soll ich noch mal selbst mit Julian sprechen? Vielleicht hat es ein Missverständnis gegeben, das ich mit ihm aus der Welt schaffen kann?«

Am anderen Ende der Leitung hörte Tom das Gemurmel einer kurzen Diskussion. Julian saß also neben seiner Mutter.

»Er möchte nicht mit Ihnen sprechen«, übersetzte Patrizia Schmitz die Worte ihres Sohnes.

»Und wenn ich ihn selbst noch mal anrufe?«

»Das können Sie gerne versuchen.« Es raschelte, Tom hörte eine Tür in Hintergrund schlagen und Julians Mutter seufzte. Vermutlich war Julian lieber abgehauen, als sich der Gefahr eines Telefonats mit Tom auszusetzen. »Ist zwischen Ihnen irgendetwas vorgefallen?«, fragte die Mutter eher genervt als besorgt. »Er hat sich doch nach Ihren ersten Treffen ziemlich ins Zeug gelegt und ich hatte eigentlich den Eindruck, dass Sie gut miteinander auskamen.«

»Wir haben gut miteinander gearbeitet. Und Julian hat wirklich Fortschritte gemacht.«

»Haben Sie sich mit ihm gestritten? Oder hat er Ihnen irgendwas erzählt?«

Tom würde Julians Mutter niemals sagen, was er von Julian erfahren hatte. Mal abgesehen, dass seine Eltern ja längst wussten, was mit ihrem Sohn war und der Wahrheit einfach nicht ins Auge schauen wollten.

»Wir haben uns nur über Englisch und Deutsch unterhalten. Oder was meinen Sie?«

Julians Mutter war einen Moment still. Dann atmete sie tief aus.

»Er hatte da vor einem Jahr mal Probleme mit einem Jungen aus der Schule. Hat er Ihnen das vielleicht erzählt?«

Die Mutter ahnte also, worum es hier wirklich ging. Doch Tom würde ihr keine Angriffsfläche für Spekulationen geben. Weder über ihren Sohn noch über sich selbst.

»Davon hat er nichts gesagt. Was war denn damals los?«, fragte Tom und stellte sich unwissend.

»Ach, nichts von Belang.« Sie machte eine Pause, bevor sie fortfuhr: »Tja, dann kann man nichts machen. Wenn der Filius nicht mehr will, dann kommen wir wohl nicht dagegen an. Einen schönen Restsonntag noch.«

Tom saß mit dem Handy in der Hand auf seiner Matratze und starrte die Wand an. Julian hatte also den Kontakt abgebrochen. Vermutlich war das aus seiner Sicht der einzige Weg, mit der Situation umzugehen. Er hatte sich mit seinen Eröffnungen weit aus dem Fenster gelehnt und möglicherweise war ihm das jetzt peinlich. Vielleicht ertrug er aber auch einfach Toms Anwesenheit nicht mehr. Das war bei Joschi ja genauso gewesen.

Joschi. Tom hatte ihm noch gar nicht geantwortet. Also schickte er ihm eine Nachricht, dass sie sich gerne bald treffen sollten. Am liebsten heute noch, dachte Tom, schrieb das aber lieber nicht, weil er Joschi nicht unter Druck setzen wollte.

Weil er zwischen dem Gefühl der Erleichterung darüber, dass er mit Julians Entscheidung ein Problem weniger hatte, und der Sorge um Julian schwankte, schickte er ihm auch eine Nachricht, in der er ihn bat, seine Entscheidung noch einmal zu überdenken. Mehr wagte Tom nicht zu schreiben, weil er Julians Mutter zutraute, die Nachrichten ihres Sohnes heimlich zu lesen.

ZWANZIG

ZWEI TAGE SPÄTER traf Tom Phil in der Uni wieder. Während er selbst ein wenig befangen war, denn schließlich hatten sie am Wochenende ein vollkommen neues Kapitel ihrer Freundschaft aufgemacht, wirkte Phil ziemlich relaxt. Er begrüßte Tom, als sei nichts gewesen, und sie suchten sich einen Tisch im Seminarraum, an dem sie zusammensitzen konnten. Doch Phil bemerkte Toms Zurückhaltung. Kurz nach Beginn des Seminars kritzelte er etwas auf einen Zettel, den er Tom zuschob.

Ich hoffe, du denkst nicht zu viel nach, schrieb er. Auf Toms Kopfschütteln fuhr er fort, zu schreiben: *Ich bereue nichts. Sonntag konnte ich kaum sitzen. Aber dafür hat es sich gelohnt.*

Immerhin hatte ihre Freundschaft die Eskapaden des Wochenendes überstanden. Immerhin wollte nicht noch jemand den Kontakt mit ihm abbrechen. Er fragte sich, was Phil aus den Erfahrungen machte. Kurz darauf bekam er auch schon die Antwort.

Ich entdecke gerade eine neue Ader in mir, schrieb Phil. *Danke, dass du mir dabei geholfen hast.*

Gern geschehen, antwortete Tom und setzte einen Smiley darunter. *Wie war es mit deiner Freundin?,* fragte er dann.

Wir haben uns noch mal zusammengerauft, kam prompt die Antwort. Aber bevor Tom das kommentieren konn-

te, setzte Phil noch eine Notiz darunter: *Keine Ahnung,
wie lange das diesmal hält.*

Tom war vor allem darüber beruhigt, dass Phil offenbar nicht davon ausging, sie würden ihre körperlichen Annäherungen jetzt zur Regel werden lassen. Sie
hatten miteinander geschlafen und das war wirklich toll
gewesen. Doch seit Tom am Sonntag am Fluss nachgedacht hatte, stand Joschi im Mittelpunkt seiner Gedanken. Er hatte keine Ahnung, ob es dafür nicht schon
längst zu spät war, aber er war sich sicher, dass er bei
Joschi bestimmt keine Chance haben würde, wenn der
von einer Affäre mit Phil erfahren würde.

Nach dem Seminar setzten sich Tom und Phil mit einem Kaffee in die Sonne auf den Campus. Sie sprachen
über das Seminar und ihre Hausarbeit, die sie jetzt endlich konkreter werden lassen mussten. Denn zur Mitte
des Semesters sollten sie ihre Ergebnisse in einem Referat präsentieren.

»Ich habe Magdalena übrigens von unserer kleinen
Versuchsanordnung neulich Nacht erzählt«, wechselte
Phil plötzlich das Thema. »Ich finde, du solltest das wis-
sen, falls du ihr begegnest.«

»Wie hat sie reagiert?«, fragte Tom überrascht.

Warum erzählten die Leute immer alles brühwarm
ihren Freundinnen? Das sorgte doch nur für Ärger.

Phil zog die Schultern hoch. »Sie war nicht erfreut.«

»Das kann ich mir vorstellen.«

»Ich kann sie ja verstehen«, sagte Phil. »Aber immerhin hat sie sich mit mir auf meinem Geburtstag gestritten und ist einfach abgehauen. So richtig nett fand ich
das auch nicht.«

Tom stimmte zu. Vielleicht war die Lösung des großen Rätsels der Beziehungen gerade die richtige Ausge-

wogenheit aus Vertrauen und Ehrlichkeit. Jeder hatte doch Geheimnisse, die man nicht mit Partnern teilen musste. Natürlich durfte man den Partner nicht hintergehen. Aber war einmaliger Sex schon ein Betrug? Oder war es einfach nur Sex, ohne dass das irgendjemanden etwa anging?

Während Tom darüber nachdachte, was er selbst diesbezüglich von einem festen Freund erwarten würde, bemerkte er, dass eine Frau auf sie zukam. Magdalena. Mist. So schnell hatte er nicht damit gerechnet, ihr wieder zu begegnen. Schon gar nicht nach dem, was Phil gerade erzählt hatte.

Phil sprang auf und küsste seine Freundin zur Begrüßung. Dann standen sich Tom und Magdalena gegenüber. Sie hatten sich auf Phils Geburtstag gar nicht unterhalten und sie nickte Tom grüßend zu. Erst als Phil ihr Toms Namen sagte, gefror ihr Lächeln zu Eis.

»Du bist das also«, sagte sie mit kalter Stimme. »Die kleine Schwuppe, die sich an vergebenen Jungs vergreift.«

Tom war wie vor den Kopf gestoßen und ratlos, was er darauf erwidern sollte. Phil versuchte, die Situation zu retten, aber Magdalena hatte offenbar schon ein festes Bild von Tom im Kopf.

»Ist dir das eigentlich nicht peinlich?«, erkundigte sie sich überheblich. »Du vögelst einfach meinen Freund und dann sitzt du hier mit ihm kaffeetrinkend in der Sonne und tust so, als wäre nichts gewesen?«

»Magdalena!«, mischte sich Phil wieder ein. »Lass das. Das ist meine Sache!«

»Der kleine Stricher kann doch bestimmt selbst reden«, zischte sie ihrem Freund zu. »Oder hast du beim Sex die Stimme verloren?« Sie lachte. »Onanieren macht blind und vom Sex mit einem Hetero wird man stumm. Das ist echt saukomisch.«

Tom verstand, dass er ihr gar nichts sagen brauchte. Das war ausnahmsweise nicht sein Konflikt. Das war eine Sache zwischen Phil und Magdalena. Jedes Wort, das er jetzt sagte, würde sie ihm im Munde umdrehen. Um der Situation die Krone aufzusetzen, tauchte jetzt auch noch Mischa auf, der Magdalena stürmisch mit auf beide Wangen gehauchten Küsschen begrüßte. Wie sich herausstellte, studierten sie zusammen. Na toll! Tom nahm er gar nicht wahr, sie waren sich allerdings auch nur kurz auf Lisas Feier begegnet. Phil hingegen zog er mit seinen Blicken einmal komplett aus, starrte ihm auf den Schritt und fragte Magdalena, ob das ihr verräterischer Freund sei. Magdalena bestätigte das mit einem hysterischen Lachen, bevor sie sich mit Mischa auf die andere Seite von Phil setzte und ein von viel Kreischen untermaltes Gespräch begann.

Tom schwieg. Magdalenas Worte hatten sich in seinen Kopf eingebrannt und Mischa nervte ihn mit seinem Rumgetucke total. Der Typ hatte ihn noch nicht einmal erkannt. Wie oberflächlich konnte ein Mensch bloß sein? Auch Phil sagte nichts mehr. Tom sah ihm an, dass ihm der Auftritt seiner Freundin extrem peinlich war. Er fand aber offenbar auch keine Worte als Reaktion. Tom wollte hier weg. Doch dann horchte er auf, denn er hörte Joschis Namen.

»Das ist ja für mich nur eine Fickgeschichte«, verkündete Mischa gerade. »Der Kleine frisst mir aus der Hand, wie ein abgerichteter Hund.« Er lachte laut.

Tom war kurz davor, einzugreifen und Mischa zu sagen, wer er war. Doch dann hielt er sich zurück.

»Am Wochenende hatte ich keine Lust, mir umständlich einen Fick im Netz zu suchen. Da muss man ja immer erst nette Worte schreiben und sich von seiner besten Seite zeigen. Da hab ich Joschi einfach zu mir zitiert. Und er ist natürlich gekommen.«

Jetzt wurde auch Phil, der tief in Gedanken versunken schien, aufmerksam. Er sah erst zu Mischa hinüber, dann wandte er sich zu Tom um und sah ihn fragend an.

»Joschi?«, flüsterte er überrascht.

Tom nickte.

»Oh, mein Gott!«

»Wenn ich dir erzählen würde, wie der darum gebettelt hat, dass er zu mir ins Bett kriechen durfte!«, trompetete Mischa gerade weiter. »Ich habe den voll in der Hand und der lässt alles mit sich machen, was ich von ihm verlange.«

Tom sah, dass er Magdalena mit ein paar eindeutigen Handbewegungen andeutete, welchen Sex er mit Joschi gehabt hatte. Selbst Magdalena sah mittlerweile aus, als wäre ihr Mischas Bericht wirklich unangenehm. Trotzdem lachte sie, wenn auch etwas peinlich berührt.

»Danach habe ich ihn wieder weggeschickt. Ich will ja in Ruhe in meinem Bett schlafen. Für diese romantische Kuschelnummer bin ich der Falsche.«

Das konnte sich Tom gut vorstellen. Schwankend zwischen Niedergeschlagenheit über die bescheuerte Beziehung, in die sich Joschi begeben hatte, und Wut, die sich in ihm aufstaute, beschloss er, zu gehen. Doch um das Dilemma perfekt zu machen, schlenderte genau in diesem Moment Joschi auf sie zu.

Joschi begrüßte erst Mischa mit einem Kuss auf den Mund, dann Magdalena und schließlich Tom. Sie umarmten sich lange. Und während Tom seinen besten

Freund an sich drückte, sah er, wie Mischa die Gesichtszüge entglitten. Offenbar verstand er jetzt doch, wer Tom war.

Doch er fing sich sofort wieder, fragte Joschi, ob sie einen Kaffee trinken gehen sollten, und die beiden verschwanden. Tom starrte ihnen ratlos nach. Er hätte Joschi gerne erzählt, was er gerade gehört hatte. Auch Phil sah entgeistert hinter den beiden her, wollte etwas zu Tom sagen, doch Magdalena zerrte ihn weg und nach einem kurzen Gruß und einer heimlichen ›Wir telefonieren‹-Geste war Tom mal wieder allein. Diesmal war die Einsamkeit schmerzhafter als je zuvor.

EINUNDZWANZIG

AUF DEM HEIMWEG wurde Tom beinahe von einem Transporter überrollt, als er mit dem Rad über eine rote Ampel fuhr, ohne es zu merken. Im letzten Moment trat der Fahrer des Wagens scharf auf die Bremse und stoppte nur ein paar Zentimeter neben Toms Vorderrad. Tom starrte den Fahrer völlig entgeistert an, der ihm ein paar berechtigte Beschimpfungen zurief und dann hupend in einem Bogen um Tom herumfuhr. Als Tom das Fahrrad auf den Bürgersteig schob, warfen ihm ein paar Passanten böse Blicke zu, und Tom beschloss, den Rest des Weges lieber zu schieben. Später konnte er sich nicht mehr so richtig daran erinnern, wie er den Weg geschafft hatte, ohne sich hinzusetzen. Seine Beine waren wie Pudding und er war froh, als er sich auf seine Matratze legen konnte. Er schlief sofort ein.

Erst nach drei Stunden erlaubte ihm sein Körper wieder, wach zu werden. Immer wieder gingen ihm die Worte von Magdalena durch den Kopf. Und auch die abfällige Art, in der Mischa über Joschi gesprochen hatte, ließ ihn nicht los. Wusste Joschi, wie hoch der Idiotenlevel bei Mischa war? Oder machte er sich was vor und glaubte tatsächlich, dass er mit diesem Kerl so etwas wie eine Beziehung führen konnte? In diesem Moment war sich Tom nicht mehr sicher, ob Joschi sich nur auf Mischa eingelassen hatte, um Tom eifersüchtig zu machen. Dafür war der schon auf zu viele Kompromisse eingegangen. Irgendwas musste ihn tatsächlich an diesen Typen glauben lassen. Tom fiel es schwer, sich das weiter anzusehen, und er tippte mehr als zwanzig Nachrichten an Joschi in sein Handy ein, die er alle wieder löschte. Er konnte doch nicht einfach zusehen, wie Joschi auf eine Katastrophe zusteuerte. Aber bis zum frühen Abend schaffte es Tom nicht, eine vernünftige Nachricht zu formulieren.

Gerade als er überlegte, die Grübeleien mit Alkohol zu betäuben, klingelte es an der Wohnungstür. Joschi stolperte sichtlich aufgewühlt in die Wohnung.

»Was ist zwischen dir und Mischa passiert?«, platzte er heraus. »Habt ihr euch gestritten?«

Tom war irritiert. Er verstand kein Wort von dem, was Joschi da sagte.

»Wir haben kein Wort miteinander gewechselt«, sagte Tom. »Mischa hat mich nicht einmal erkannt, bis du dazugekommen bist.«

Joschi marschierte in Toms Zimmer und schmiss sich entnervt auf die Matratze.

»Er hat mir zwei Stunden lang erzählt, was du für ein Arschloch bist. Dass du den Freund seiner besten Freundin gefickt hast und die Beziehung der beiden zerstören willst. Dass du jedem gut aussehenden Studenten auf den Schwanz guckst, alles vögelst, was nicht bei drei auf dem Baum ist. Dass du alle belügst und ein totaler Idiot bist. Er könnte einen Fanklub mit Finn aufmachen.«

Joschi war völlig außer sich.

»Was ist zwischen euch passiert, dass er so über dich herzieht?«

Tom wurde klar, wie clever Mischa das eingefädelt hatte. Er stellte Tom als unfähigen Idioten dar, dem Joschi lieber nicht vertrauen sollte. Ansonsten würde Joschi Tom eventuell noch glauben, wenn er ihm sagte, wie Mischa über ihn redete. Wenn er Joschi jetzt berichtete, was er heute auf dem Campus gehört hatte, klang das so, als würde er es Mischa mit gleicher Münze heimzahlen wollen. Fassungslos sah er zu Joschi herab.

»Stimmt das, was Mischa sagt?«, fragte Joschi jetzt etwas ruhiger.

»Welchen Teil der Unterstellungen meinst du?«, hakte Tom nach, um Zeit zu gewinnen.

»Bist du mit Phil an seinem Geburtstag im Bett gelandet?«

Tom nickte. Joschi schloss ernüchtert die Augen.

»Warum?«, fragte er leise.

»Du warst plötzlich weg. Und ich habe mich danach völlig verloren gefühlt.«

»Weil ich gegangen bin?«, fragte Joschi nach.

Wieder nickte Tom. Aber das war ja nur ein Teil der Wahrheit. Als holte Tom tief Luft.

»Wir waren betrunken. Und Phil war neugierig.« Unsicher blickte Tom seinen Freund an. »Ich wollte mit ihm schlafen. Und er wollte das auch.« Tom senkte die Stimme. »Aber ich wollte damit niemanden verletzen.«

Jetzt nickte Joschi. Er schien zu verstehen.

»Und jetzt ist die Beziehung von Phil und seiner Freundin in die Brüche gegangen?«

»Nein.« Tom schüttelte den Kopf. »Die haben sich wieder zusammengerauft. Aber du hast ja selbst mitbekommen, wie sie sich an dem Geburtstag gestritten haben. Magdalena ist kurz nach dir mit einem Riesenauftritt abgerauscht und Phil ist davon ausgegangen, dass das nichts mehr wird. Ich glaube, sonst hätte er sich nicht auf die Sache mit mir eingelassen.«

Joschi saß schweigend auf Toms Matratze und blickte ins Leere.

»Mit ist vorhin der Kragen geplatzt«, sagte er und hob den Blick wieder. »Je länger Mischa dieses Zeug von dir erzählte, desto mehr hat mich das alles angekotzt. Ich kenne dich gut genug.« Er machte eine bedeutungsschwere Pause. »Ich habe ihn endgültig abserviert. Es ist vorbei. Der Typ ist ein Idiot.« Joschi verzog den Mund zu einem zaghaften Lächeln. »Aber damit erzähle ich dir vermutlich nichts Neues.«

In Tom jubelte alles. Joschi hatte sich getrennt. Wie großartig! Er bemühte sich krampfhaft, nicht allzu glücklich auszusehen, aber er war sich sicher, dass ihm das überhaupt nicht gelang. Am liebsten hätte er sich auf Joschi gestürzt, um ihn zu umarmen und abzuknutschen. Nur war das vermutlich nicht der passende Moment.

Stattdessen zog er sich ans Fenster zurück, lehnte sich an die Fensterbank und berichtete möglichst nüchtern von dem belauschten Gespräch zwischen Mischa und Magdalena. Joschi hörte ihm mit hängendem Kopf von Toms Bett aus zu. Hin und wieder nickte er, doch er sagte keinen Ton. So wusste Tom am Ende nicht, wie Joschi seine Worte aufgenommen hatte.

Er hockte sich vor Joschi auf den Boden und hob sein Kinn mit der Hand. Joschi weinte. Die Tränen flossen ihm lautlos über das Gesicht. Tom war elend zumute. Was hatte er Joschi angetan? Hatte er ihm das erzählen müssen? Hätte er nicht warten können, bis er die Trennung von Mischa ein bisschen verarbeitet hatte? Aber dann wurde ihm trotz des Schmerzes, den Joschi gerade ausstand, klar, dass er ihm alles sagen musste. Das war die einzig akzeptable Basis für ihre Freundschaft. Ehrlichkeit. Auch wenn sie wehtat.

Und Joschi tat die Wahrheit sehr weh, das sah Tom. Er fühlte die Traurigkeit in sich hochsteigen wie Magma in einem Vulkan. Die Tränen brachen aus ihm heraus und er kniete vor seinem Freund auf der Matratze. Er schloss ihn in die Arme und eine Weile weinten sie gemeinsam über alle die Gemeinheiten, die sie sich gegenseitig zugefügt hatten und erdulden mussten. Und endlich legte auch Joschi seine Arme um Tom und seine schon fast wieder versiegten Tränen begannen aufs Neue zu fließen. Tom zitterte und wurde von seinen Gefühlen hin und her geworfen. Doch diesmal war es nicht mehr die Trauer, die ihn durchrüttelte, sondern das Mitgefühl für Joschi und die Liebe für ihn, die er nie zuvor so stark gespürt hatte wie in diesem Moment.

Tom und Joschi blieben lange so voreinander sitzen. Sie mussten nicht sprechen. Sie hatten alles gesagt.

Spät am Abend, als sich die beiden gerade mit Broten vollgestopft hatten, trudelte bei Tom eine Nachricht von Phil ein. Er hatte das Verhalten von Magdalena so daneben gefunden, dass er sich jetzt endgültig von ihr getrennt hat. *Ich bin so froh, dich zum Freund zu haben,* schrieb er. Und Tom war sich sicher, dass Phil das nicht sexuell, sondern rein platonisch meinte.

Joschi blieb über Nacht bei Tom, und auch wenn sie keinen Sex hatten, war Tom sehr glücklich, ihn wieder neben sich zu wissen.

ZWEIUNDZWANZIG

»DAS WAR ECHT eine Scheiß-Aktion von Magdalena«, sagte Phil, als Tom am nächsten Nachmittag bei ihm eintraf.

Auch wenn da nach Toms Empfinden noch einige ungeklärte Dinge zwischen ihnen standen, mussten sie an der Seminararbeit weitermachen. Das Referat rückte in bedrohliche Nähe.

Tom trat zögerlich in die Wohnung, in der er vor ein paar Tagen mit seinem Kommilitonen geschlafen hatte. Die leeren Flaschen neben der Tür zeugten noch von der vergangenen Party, ansonsten deutete nichts mehr auf das Wochenende hin. Phil umarmte Tom und drückte ihn an sich, wobei der genau spürte, wie sich Phils Geschlecht in der Hose regte. Er erwiderte die Umarmung nur sacht, denn er wollte keine falschen Erwartungen schüren. Als sie sich wieder voneinander lösten, sah Tom deutlich Phils ausgebeulte Hose, die der mit keiner Geste zu verbergen suchte. Was konnte Tom tun, damit die Freundschaft trotz alledem nicht den Bach runterging?

»Hast du noch mal mit ihr gesprochen?«, erkundigte sich Tom.

»Sie hat komplett dichtgemacht und weigert sich, mit mir zu telefonieren.«

»Und das ist jetzt endgültig vorbei?«

»Du weißt, dass das in den letzten Wochen schon echt schwierig war. Und mit ihren Bemerkungen dir gegenüber hat sie dem Ganzen die Krone aufgesetzt.« Phil ging in die Küchenecke, holte Wasser und reichte Tom ein volles Glas. »Ich will nicht mit einem Menschen zusammen sein, der meine Freunde beschimpft. Das ist nicht mein Stil.«

Phil schien sich plötzlich sehr sicher zu sein. Hoffentlich hatte das nichts mit ihrem One-Night-Stand zu tun, dachte Tom und war froh, dass sie sich erst einmal der Arbeit widmen konnten.

Sie hockten sich auf den Fußboden und sortierten ihre Unterlagen. Tom erzählte, was er in seinem Teil der Seminararbeit schreiben wollte, und hörte sich Ergänzungen von Phil an. Dann legten sie die Reihenfolge der Themen im theoretischen Teil fest. Phil berichtete anschließend, was er im praktischen Teil machen wollte, und Tom hatte wenig Einwürfe vorzubringen. Sie arbeiteten sich durch die ganze Struktur und nach zwei Stunden hatten sie beide klare Arbeitsaufträge, die sie als Nächstes jeder für sich abarbeiten wollten.

Als sie fertig waren und Tom seine Unterlagen wieder in seinem Rucksack verstaute, sprang Phil auf und holte ihnen Bier aus dem Kühlschrank. Er warf sich stöhnend aufs Bett und prostete Tom zu. Der blieb auf dem Boden sitzen und lehnte sich bloß mit dem Rücken ans Bett an, denn sich auch aufs Bett zu setzen schien ihm wie ein Signal in die falsche Richtung. Doch so schnell gab sich Phil nicht geschlagen.

»Beschäftigt dich das Wochenende noch?«, fragte er und rückte ein bisschen näher an die Bettkante.

»Natürlich«, antwortete Tom. »Mich hat das ein bisschen durcheinandergewürfelt.«

»Aber du machst dir hoffentlich keine Gedanken darum, dass du mir zu nahe getreten bist, oder?«

»Bin ich das?«, fragte Tom nachdenklich. »Du warst ja genauso daran beteiligt wie ich. Auch wenn du besoffen warst.«

»Ich erinnere mich an alles. Glaube ich zumindest. Und ich bereue nichts.«

Phil rückte noch ein bisschen näher und saß jetzt genau über Tom. Seine aus der kurzen Hose herausragenden Beine berührten Toms Oberarme, sodass der die Wärme von Phils Haut deutlich spürte. Für einen kurzen Moment schloss Tom die Augen, denn die Berührung löste ein wohliges Gefühl in ihm aus.

Wollte er das? Ihm war nicht ganz klar, was Phil sich wünschte. Aber er wusste, dass der gerade frisch getrennt war und sich sicherlich in der Schwebe zwischen allem befand. Er bemerkte die leichte Bewegung des Beines an seinem Arm und ihm schoss sofort das Blut in den Penis. Phil legte es also darauf an, dass sie wieder miteinander rummachten. Aber was genau wollte Tom selbst? Ganz bestimmt keine komplizierte Fickbeziehung. Davon hatte er schon genug gehabt. Und allein schon wegen Joschi war ihm nicht nach neuen Abenteuern. Vor allem aber wollte er die Freundschaft zu Phil nicht aufs Spiel setzen.

Der rutschte jetzt vom Bett runter und setzte sich rechts neben Tom auf den Boden. Seine linke Hand landete prompt auf Toms Knie.

»Hör mal«, sagte er. »Ich fand's echt cool, was wir gemacht haben. Ich hatte vorher noch nie Sex mit einem Mann. Klar habe ich hin und wieder mal daran gedacht, wie das wohl wäre, aber irgendwie hat sich nie die Gelegenheit dazu ergeben.« Seine Hand strich vorsichtig an Toms Oberschenkel hinauf. »Du brauchst dir also keine Vorwürfe zu machen.«

»Ich mache mir auch gar keine Vorwürfe. Ich bin nur einfach unschlüssig, was ich will.«

Phil lachte leise und legte seine Hand sanft auf Toms Schritt. »Der hier hat dazu aber eine klare Meinung, oder?«

Wo er recht hatte, hatte er recht. Toms Schwanz war hart, und wenn es nach ihm gegangen wäre, wäre er sofort in die Freiheit gesprungen. Tom stöhnte leise. Aber was war mit Joschi? Hatte er sich nicht gerade für diesen Mann entschieden? Tom verfluchte sich für seine Inkonsequenz.

»Was beschäftigt dich dann?«, erkundigte sich Phil und zog seine Hand wieder zurück.

»Joschi war gestern bei mir. Und wir haben uns ausgesprochen.« Tom wandte den Kopf Phil zu. »Ich glaube, ich habe mich in ihn verliebt.«

»Natürlich hast du dich in Joschi verliebt. Das ist doch nichts Neues.«

»Wie kannst du dir da so sicher sein?«

»Ich kenne dich mittlerweile. Und ich habe dich erlebt, als dieser komische Kerl aufgetaucht ist. Du bist eifersüchtig.«

»Joschi ist nicht mehr mit ihm zusammen.«

»Das freut mich. Dann kannst du ja jetzt an den Start gehen. Oder?«

Tom nickte. Das hatte er auch vor. Und er wollte alles dafür geben, dass er Joschi nicht noch einmal verletzte.

»Aber was machen wir dann hier?«, fragte Tom.

Wieder lachte Phil. »Mach dir darum keine Sorgen. Ich weiß, was ich tue. Und ich bin nicht auf der Suche nach einer Beziehung.« Er richtete seine grünen Augen auf Tom. »Ich will bloß Sex.« Er lächelte dabei verführerisch. »Ich will noch einmal deinen Schwanz in den Mund nehmen und daran lutschen, bis du Sterne siehst.«

Geilheit überschwemmte Tom wie ein heftiger Regenguss. Seine Erektion zuckte verzweifelt, und als Phil seine Hand wieder auf sie herabsenkte, gab Tom auf.

»Dann zieh dich aus!«, flüsterte Tom.

Das ließ sich Phil nicht zweimal sagen. Er riss sich das T-Shirt vom Oberkörper und warf es auf den Fußboden. Er sprang auf und zog sich in einem Ruck die Hose und die Boxershorts runter. Im nächsten Moment stand er mit einer aufgerichteten Erektion vor Tom, stemmte die Hände in die Hüften und sah ihn von oben an. Tom betrachtete den leicht gebräunten Körper mit der steifen Latte fasziniert. Phil reichte ihm die Hand und zog ihn auf die Füße.

»Du hast dich ja rasiert«, stellte Tom fest, streckte die Finger nach den blanken Hoden aus und strich darüber. Auch der dichte Busch, an den er sich noch von Samstagnacht erinnerte, war gestutzt.

»Mir hat das bei dir gut gefallen, da habe ich das auch mal ausprobiert.«

Phil schob seine Hände unter Toms Shirt, streichelte über dessen Bauch, arbeitete sich bis zur Brust hoch und streifte ihm dann den Stoff über den Kopf.

»Und das gefällt mir so auch besser«, sagte er und küsste Tom.

Der Kuss war leidenschaftlich und tief. Ihre Zungen erforschten die jeweils andere, wanden sich wie Schlangen umeinander und Tom spürte, wie Phil immer wieder fordernd in seinen Mund vorstieß. Dabei drückte er sein Becken nach vorne und presste ihm seinen Schwanz an den Bauch. Phils Hände wanderten von Toms Rücken nach vorne, öffneten den Knopf der Hose, zogen den Reißverschluss aufreizend langsam nach unten, bevor sie in die Boxershorts eintauchten und Toms Schwanz umfassten. Tom stöhnte diesmal lauter.

»Willst du, dass ich dir einen blase?«, flüsterte Phil in Toms Ohr.

»Ja, bitte.«

Phil ging vor Tom in die Hocke, zog ihm dabei die Hosen bis zu den Füßen herunter und strich ihm über die Erektion. Er leckte über den Rand der Eichel, ließ seine Zunge über den schmalen Spalt an der Spitze gleiten. Tom durchzuckte die Lust bis in die Kopfhaut. Dann umschlossen Phils Lippen die Eichel vollständig und Tom versenkte seinen Penis tief in Phils Mund. Vorsichtig bewegte sich Phil vor und zurück. Tom legte ihm die Hand an den Hinterkopf und schloss die Augen. Jede Bewegung löste kleine Eruptionen in seinem Kopf aus. Sein Schwanz zuckte fordernd und aus Toms Kopf waren alle Zweifel gelöscht.

Als Phil sich von ihm löste, war er fast ein wenig enttäuscht. Doch Phil richtete sich vor ihm auf, wobei er seine Latte an Toms Bein hochstreichen ließ, bis sie zwischen seinen Beinen von unten gegen seine Hoden stieß. Wieder küsste Phil ihn leidenschaftlich und drückte sich in sanften Bewegungen gegen ihn. Dann sah er Tom tief in die Augen.

»Ich weiß, dass du es nicht magst, gefickt zu werden«, sagte er und Tom erschrak, weil er schon befürchtete, dass Phil trotzdem in ihn eindringen wollte. »Aber ich habe da gestern in einem Video etwas gesehen, was ich gerne ausprobieren will.«

»Was denn?«, keuchte Tom.

»Vertraust du mir?«

Tom nickte.

»Dann geh dich waschen.«

Als Tom aus dem Bad zurück war, zog Phil ihn zum Bett, drehte ihn auf den Bauch und schob ihm sein Kopfkissen unter das Becken, sodass Toms Hintern ein wenig in die Höhe gereckt war.

»Was hast du vor?«, fragte Tom skeptisch.

»Vertrau mir einfach.«

Phil spreizte Toms Beine leicht und kniete sich dazwischen. Dann senkte er seinen Kopf nach unten. Im nächsten Moment spürte Tom die Zunge an seiner Rosette. Sie glitt ein wenig hin und her, und als sie den Muskel erreichte, sich dagegen drückte und sanft immer wieder in die Öffnung stieß, explodierten in Tom nicht mehr nur kleine Eruptionen, sondern sie löste ein wahres Feuerwerk der Lust aus. Tom riss die Augen auf und keuchte. Was machte Phil da? Das hatte bisher noch niemand mit ihm getan. Die Zunge vollführte wahre Kunststücke, und je sicherer Phil bei dem wurde, was er da tat, je fordernder er in die Rosette vorstieß, desto lustvoller wurde es für Tom. Er schloss wieder die Augen und gab sich voll und ganz seinen Empfindungen hin. Phil leckte und stieß und stöhnte dabei lustvoll. Seine Zunge schien überall gleichzeitig zu sein und Tom wollte nie wieder etwas anderes als genau das. Die Lust ließ seine Eier pulsieren und er spürte, dass er das nicht mehr lange aushielt. Auch Phil schien das zu bemerken und zog sich zurück, doch bloß, um sich mit seinem gesamten Körper auf Tom zu legen und ihm seinen festen Schwanz zwischen die Beine zu schieben.

Tom hatte das Gefühl, kurz vor einer Explosion zu

stehen. Er drehte sich um, packte Phil an den Schultern und stieß ihn auf den Rücken. Dann wanderte er leckend und keuchend an dessen Körper abwärts, bis er den hoch aufgerichteten Schwanz erreichte. Er strich über die frisch gestutzten Schamhaare, nahm die glatt rasierten Eier in den Mund und wurde mit einem wohligen Stöhnen aus Phils Mund belohnt. Dann widmete er sich dem Schaft, konzentrierte sich eine Weile auf die Eichel, die er mit seiner Zunge immer wieder umrundete, leckte die klaren Tropfen von der Spitze, und nahm ihn schließlich tief in den Mund. Seine eigenen Eier schienen fast zu platzen, und um zu verhindern, dass er sofort kam, umklammerte er seinen Schwanz mit einer Hand. Phil stieß sein Becken rhythmisch in die Höhe und Tom genoss jeden Millimeter Haut, den er in seinem Mund spürte.

»Ich komme gleich«, keuchte Phil.

Tom ließ seinen eigenen Schwanz wieder los und griff mit einer Hand nach der Erektion, die sich immer wieder bis zum Anschlag in seinen Mund schob.

»Ich kann nicht mehr«, röchelte Phil und erhöhte seine Geschwindigkeit noch ein wenig.

Auch Tom konnte sich nicht mehr lange zurückhalten und griff mit der freien Hand nach seinem Schwanz. Erst vorsichtig, dann immer schneller und heftiger wichste er sich. Und dann kam Phil mit einem erstickten Schrei. Er entlud sich zuckend in Toms Mund und sein Samen schoss warm aus seinem Schwanz heraus. Tom schmeckte das salzige Sperma, löste sich von Phils Latte, rieb sie aber weiter. Wie ein gefangenes Tier wand sich Phil unter ihm und schickte ihm noch zwei weitere hohe Strahlen entgegen, er stöhnte und keuchte, weitere Ergüsse folgten, bis er unter Tom zusammensackte. Der hielt an Phils Schwanz inne, ohne ihn loszulassen, richtete sich ein wenig auf und streckte seine Erektion nach vorne. Dann explodierte auch er. Er schleuderte Phil eine Fontäne nach der anderen entgegen, die auf dessen Bauch und Brust und bis zu seinem Gesicht hinauf spritzten. Ein tiefes Stöhnen drang aus Toms Mund, bevor er zuckend neben Phil auf die Matratze fiel. In ihm war alles ausgeschaltet. Er bestand nur noch aus Lust, die nur ganz allmählich aus seinem zitternden Körper entwich. Dann war es vorbei.

Schwer atmend lagen Phil und Tom nebeneinander und sagten kein Wort. Der Schweiß rann ihnen von den Gesichtern und benetzte die Laken. Tom schloss die Augen und genoss den Moment. Als er sie wieder öffnete und den Kopf zur Seite wandte, blickte er direkt in Phils Augen. Der grinste über das gesamte Gesicht.

»Woher kannst du das?«, fragte Tom.

»Porno-Tutorial«, kicherte Phil und richtete sich halb auf. Er griff nach den Bierflaschen, die neben dem Bett standen. »Welche war deine?«

»Als wenn das jetzt noch eine Rolle spielen würde«, sagte Tom und nahm ihm eine aus der Hand. Sie tranken einen Schluck und lehnten sich dann nebeneinander an die Wand.

»Ich weiß nicht, wie das weitergeht mit dir«, sagte Phil nach einer Weile. »Wenn du das hier irgendwann nicht mehr willst, dann sag mir Bescheid.«

»Kann sein, dass das sehr bald passiert. Bei mir verändert sich gerade eine Menge.« Joschis Namen wollte er irgendwie nicht aussprechen. Er hatte kein schlechtes Gewissen, aber es hätte nicht gepasst, ihn jetzt zu erwähnen.

»Ich weiß«, antwortete Phil und trank ein bisschen

von seinem Bier. »Ich mag den Sex mit dir sehr. Aber ich respektiere, wenn das nicht mehr passt. Unsere Freundschaft ist mir wichtiger, weißt du.«

Tom beschloss, nicht weiter darüber nachzudenken. Er würde später sicherlich grübeln, aber je länger er das hinausschieben konnte, desto besser. Bis jetzt war er niemandem Rechenschaft schuldig.

»Bist du eigentlich bi?«, fragte er.

Phil zuckte mit den Schultern. »Sind wir nicht irgendwie alle bi?«

Tom dachte nach. Klar, er hatte mit Pia fast ein Jahr eine Beziehung oder Affäre oder irgendwie so was gehabt. Aber mittlerweile konnte er für sich sagen, dass er eindeutig mehr auf Männer und Schwänze stand als auf Frauen und Brüste. Aber er konnte auch nicht ausschließen, dass ihm irgendwann einmal eine Frau über den Weg lief, die ihn umhaute. Und Pia hatte sich ja offenbar nun auch für eine Frau entschieden.

»Vielleicht hast du recht«, murmelte er.

Dann erhob er sich. Auch wenn der Sex gerade ziemlich geil gewesen war, wollte er nach Hause. In sein eigenes Bett. Alleine schlafen. Er betrachtete Phil neben sich, der gedankenverloren an seinem erschlafften Schwanz herumspielte.

»Kann ich dich allein lassen?«, fragte Tom.

Phil sah auf und grinste. »Klar. Mach dir keinen Kopf. Mir geht es gut. Sehr gut sogar.«

DREIUNDZWANZIG

WAR ER GESTERN Abend von Phil verführt worden? Oder hatte er umgekehrt Phil verführt? Dieser absurde Gedanke ging Tom am nächsten Morgen als Erstes durch den Kopf, als er alleine in seinem Bett aufwachte. Hätte er sich gegen die Annäherungen des Freundes wehren müssen? Nein. Phil hatte das selbst gewollt. Und Tom hatte den Sex mit ihm genossen. Schließlich waren sie beide erwachsen. Außerdem war Tom nicht gebunden. Ja, er wollte mit Joschi zusammen sein. Und er würde ihn nicht mehr verletzen.

Dazu gehörte jetzt auch, dass er Joschi nichts von der vergangenen Nacht erzählen würde. Wie er bei Peter und seiner Freundin gut sehen konnte, brachte das Wissen um diese Dinge nur Ärger – mehr als die Ehrlichkeit und das Vertrauen, das daraus eigentlich resultieren sollte, aufwiegen konnten. Allerdings nahm sich Tom vor, keine weiteren Ausflüge dieser Art mehr zu unternehmen, wenn er tatsächlich mit Joschi zusammenkommen würde.

Weil ihm all dies so durch den Kopf geisterte, war er sehr froh, als sich Joschi für den Abend ankündigte. Sie würden reden. Und sich aneinander herantasten. Abklären, was sie wollten. Tom wollte mit diesem Mann eine Beziehung versuchen, auch wenn in der Zwischenzeit viel Scheiße passiert war.

Als Joschi klingelte, stand Tom gerade am Herd und kochte Nudeln für alle. Jula ließ Joschi rein, Peter drückte ihm ein Glas Wein in die Hand und Tom sprang auf den Flur, um ihm einen Kuss auf den Mund zu geben. Er nahm Joschi schnell die nasse Jacke ab und hängte sie in seinem Zimmer über einen Stuhl. Ein Blick aus dem Fenster zeigte ihm, dass es in Strömen regnete. Dann huschte er wieder an den Herd zurück, damit die Tomatensoße nicht anbrannte.

Tom hatte auch seinen Mitbewohnern nichts von der Eskapade gestern Abend erzählt, denn bei Jula bestand immer die Gefahr, dass sie sich verplapperte. Bei Peter war das Risiko zwar minimal, aber Tom wollte alles vermeiden, was die Harmonie ankratzen könnte.

»Die Nudeln sind gleich fertig«, rief Tom, damit die anderen endlich vom Flur in die Küche kamen. »Wer reibt den Parmesan?«

»Du wirst hier noch zum perfekten Koch«, raunte Jula und stibitzte sich eine Cherrytomate aus dem Salat.

»Finger weg!«, fauchte Tom gespielt böse. »Sonst musst du nachher ohne Nachtisch ins Bett!«

»In welches?«, fragte Jula kichernd.

»Dünnes Eis!«, grollte Peter. »Sehr dünnes Eis.«

»Hab ich was verpasst?«, erkundigte sich Joschi lachend und setzte sich an den Küchentisch. »In welche Betten bist du denn diesmal gestiegen?«

»Eigentlich darf ich ja nicht mehr darüber sprechen«, meinte Jula und verdrehte die Augen. Dann beugte sie sich zu Joschi vor. »Aber Peter ist so süß, wenn er betrunken ist. Und sein Pimmel wird dann so groß. Was soll man denn da machen?«

Peter setzte sich Joschi gegenüber und stöhnte. »Ich bin so froh, dass du hier bist, Joschi. Die beiden sind total sexbesessen. Und du scheinst mir der einzig normale Mensch hier zu sein.«

Tom unterbrach das Gespräch, indem er den Topf mit den Nudeln, in die er die Soße der Einfachheit halber direkt eingerührt hatte, auf den Tisch stellte.

»Ich würde mich freuen, heute Abend mal nicht über Peters Pimmel reden zu müssen«, sagte er und setzte sich ebenfalls. »Ansonsten reiche ich offiziell eine Protestnote ein.«

»Bei wem?«, erkundigte sich Jula, die mit dem Weinglas in der Hand ihm gegenüber Platz nahm. »Beim Papst?«

»Also habt ihr den Versuch von neulich wiederholt?«, fragte Joschi.

Tom schaufelte ihm als Antwort einen Berg Nudeln auf den Teller. »Keine Pimmelgespräche heute!« Er schob Peter den Topf zu und hoffte, dass sie das Thema allmählich hinter sich lassen würden.

»Auf einem Bein kann man ja schließlich nicht stehen, oder?«, fragte Jula und sprang auf, weil es an der Tür geklingelt hatte.

»Und Kathi?«, fragte Joschi. »Die ist doch bestimmt sauer.«

»Wir haben gerade Sendepause«, antwortete Peter mit vollem Mund. »Und ich kann sie irgendwie verstehen. Immerhin habe ich sie betrogen.«

Joschi wiegte den Kopf hin und her. »Wir leben aber nicht mehr in den Fünfzigern. Und sind halt alle keine Pastorentöchter.« Erstaunt sah Tom ihn an. Er hatte nicht damit gerechnet, das aus Joschis Mund zu hören. »Was denn?«, fragte Joschi, als er den Blick bemerkte. »Du glaubst doch nicht, dass du in einer Beziehung treu sein könntest, oder?«

In diesem Moment entstand Bewegung auf dem Flur. Jula schob einen total verheulten und klitschnass geregneten Julian vor sich her in die Küche.

»Guckt mal, was ich im Hausflur gefunden habe«, sagte sie.

Tom sprang auf und ging eilig um den Tisch herum. »Was ist denn mit dir passiert?«, fragte er.

Unter Julian sammelte sich eine riesige Pfütze. Selbst seine Schuhe schienen völlig durchweicht zu sein. Peter holte ein Handtuch aus dem Bad und reichte es Julian, der es annahm, aber offenbar so überfordert war, dass er damit nichts anzufangen wusste. Dann brach er in Schluchzen aus. Die Tränen flossen ihm über die Wangen und einen Augenblick lang befürchtete Tom, der Junge würde einfach auf der Türschwelle zusammenklappen. Schnell zog er ihn weiter in die Küche und platzierte ihn auf einem Stuhl. Als er den Blick über den Tisch warf, sah er, wie betroffen Joschi war. Tom zog seinen eigenen Stuhl näher an Julian heran und legte ihm vorsichtig eine Hand auf den Arm.

»Julian?«, fragte er sanft. »Was ist los?«

Doch der Junge schluchzte nur und schüttelte den Kopf. Er blickte auf den Boden, wo erneut eine Pfütze entstand.

»Der muss erst mal aus den Klamotten raus«, bestimmte Jula, ganz so, als wäre sie die perfekte Mutter. »Peter, nimm den mal mit ins Bad und pack ihn in deinen Bademantel.«

Tom drückte sich von seinem Stuhl hoch. »Ich mache das schon«, sagte er.

»Sicher?«, fragte Jula ihn und wies mit den Augen auf Joschi.

»Ja«, antwortete Tom. »Joschi weiß, dass da nichts ist.«

Er blickte trotzdem kurz zur Sicherheit über den Tisch und Joschi nickte ihm zu. Also zog Tom Julian hoch, pellte ihm die Jacke von den Schultern, forderte ihn auf, sich die Schuhe auszuziehen, und schob ihn dann vor sich her in sein Zimmer. Die Tür ließ er offen, damit die anderen vom Flur zu ihnen hereinsehen konnten, wenn sie wollten. Er nahm Julian das Handtuch aus den Händen, zog ihm den schweren Hoodie über den Kopf, knöpfte ihm die Hose auf, zog ihm T-Shirt und Boxershorts vom Körper und griff nach den erstbesten sauberen Shorts, die er in die Finger bekam.

Tom nahm durchaus wahr, dass da ein splitternackter Sechzehnjähriger mitten in seinem Zimmer stand, aber ihn interessierte nicht, was er sah. Er machte sich nur riesige Sorgen, weil es Julian offensichtlich sehr schlecht ging und er bislang kein Wort gesprochen hatte. Was war ihm bloß passiert?

Weil Julian immer noch schniefte und sich offenbar nicht in der Lage sah, sich selbst anzuziehen, streifte Tom ihm also die Shorts an, zog ihm ein T-Shirt über, packte ihn in eine Jogginghose und einen Kapuzenpulli. Er rubbelte ihm die Haare trocken, setzte ihn dann auf seinen Schreibtischstuhl und hockte sich vor ihn.

Julian sah an ihm vorbei auf den Boden. Die Tränen waren weitgehend versiegt und nur hin und wieder kam noch ein Schniefen aus der Tiefe herauf. Tom legte ihm die Hände auf die Oberschenkel und beugte sich so tief runter, bis er Julians Blick auffing. Die Augen waren rot und wirkten völlig desorientiert.

»Hallo, Kleiner«, sagte Tom leise. »So schlimm ist der *Faust* doch auch wieder nicht.«

Ein kleines Lächeln huschte über Julians Gesicht. Immerhin.

»Was willst du zuerst? Essen oder reden?«

Julian atmete schwer aus. Dann hob er den Kopf, sodass sich Tom nicht mehr allzu sehr verrenken musste, um ihn anzusehen.

»Ich bin abgehauen«, murmelte er.

Tom nickte. »Das habe ich mir gedacht.« Er überlegte einen Moment. »Willst du mir erzählen, was passiert ist?«

Ein kurzer Schauer aus Schluchzen und Tränen rollte über Julian hinweg, doch dann fing er sich wieder.

»Meine Eltern«, stammelte er. »Sie wissen jetzt Bescheid.«

»Dass du schwul bist?«

Julian nickte. »Mein Vater ist total durchgedreht. Und meine Mutter hat nur noch geheult. Sie hat sich gar nicht mehr eingekriegt. Da hat mein Vater sie geschlagen. Einfach so.« Julian sah Tom jetzt direkt an. »Das hat er noch nie getan. Der hat einfach eine Hand gehoben und ihr mitten ins Gesicht geschlagen. Und danach ist er auf mich los. Aber ich konnte mich hinter das Sofa retten. Er hat rumgeschrien und mich eine perverse Sau genannt. Er wollte wissen, wer mir das angetan hat und wie ich darauf komme, dass ich diese krankhafte Neigung habe. Meine Mutter hat die ganze Zeit auf dem Teppich gelegen und gewimmert. Aber als mein Vater dann wieder auf mich losgehen wollte, ist sie aufgesprungen und hat ihn zurückgehalten. Sie hat irgendwas von einer Sünde gefaselt und dass Jesus mich schon wieder auf die richtige Bahn bringt.«

Julian stand das Entsetzen ins Gesicht geschrieben. Aus den Augenwinkeln sah Tom, dass Joschi mittlerweile mit verschränkten Armen am Türrahmen lehnte und zuhörte.

»Irgendwann haben sich die beiden dann nur noch gegenseitig angeschrien und ich bin raus.« Jetzt bemerkte auch Julian den Zuhörer an der Tür, aber der schien ihn nicht zu stören. Im Gegenteil. Er richtete sich nun an Joschi. »Wo sollte ich denn hin? Ich habe vor unserem Haus gestanden und hatte keine Ahnung, wohin ich gehen sollte.« Er wandte sich wieder an Tom. »Und dann bist du mir eingefallen. Ich weiß, dass ich euch störe, und ich weiß, dass ihr das alles nicht hören wollt. Aber ich weiß nicht, was ich jetzt tun soll. Ich kann doch sonst nirgendwo hingehen.«

Wieder brach das Schluchzen aus ihm heraus und jetzt liefen auch Tom die Tränen über das Gesicht. Denn das, was dieser Junge da erzählte, schnitt ihm tief ins Herz. Julian tat ihm so entsetzlich leid. Gerade als er die Arme zu ihm ausstrecken wollte, kam Joschi auf sie zu. Er umarmte Julian so fest, dass der noch schlimmer heulte. Tom legte ihm seine Arme ebenfalls um die Schultern und gemeinsam hielten sie den Jungen fest, der gerade das Beschissenste erlebt hatte, was bei einem Outing passieren konnte: die brutale Ablehnung durch seine Eltern.

Eine Weile klammerten sie sich so aneinander. Tom gingen die Erinnerungen an seine Eltern und vor allem an seinen Vater durch den Kopf, der vor einem halben Jahr plötzlich an einem frühen Sonntagmorgen hier in seinem WG-Zimmer gestanden und ihn beschimpft hatte. Aber sein Vater hatte sich gefangen. Und er war nicht körperlich übergriffig geworden. Er hatte wirklich Probleme damit, dass Tom schwul war. Aber er gab sich mittlerweile Mühe, seinen Sohn zu verstehen.

Doch das, was Julian gerade von seinem Vater erzählt hatte, überstieg Toms Vorstellungswelt. Warum tat jemand seinem eigenen Sohn das an?

Joschi löste sich als Erster aus der engen Umarmung und Tom folgte seinem Beispiel. Er beschloss, alles zu vermeiden, was darauf hindeuten könnte, dass er mehr von diesem Jungen da auf seinem Schreibtischstuhl wollte, als ihm zu helfen.

»Die Nudeln werden kalt«, sagte er also und richtete sich auf. »Kommst du mit in die Küche? Dann lernst du auch meine Mitbewohner richtig kennen.«

Joschi voran durchquerten sie den Flur. Julian betrat die Küche als Letzter und Tom schob ihm einen Stuhl unter den Hintern. Jula holte einen Teller aus dem Regal und häufte ihn mit Nudeln voll. Als sie auch zu einem Weinglas greifen wollte, schüttelte Tom den Kopf. Alkohol war in dieser Situation nicht förderlich. Das wusste er aus eigener Erfahrung.

Aber was sollten sie nach dem Essen mit dem Jungen machen? In Tom sperrte sich alles dagegen, ihn mit in sein Zimmer zu nehmen. Da würde – so hoffte er zumindest – Joschi diese Nacht schlafen. Die Lösung kam aus unerwarteter Richtung: Nachdem Jula herausbekommen hatte, was passiert war, bot sie freimütig ihr eigenes Bett zur Übernachtung an.

»Und wo willst du schlafen?«, fragte Tom mit dramatisch hochgezogenen Augenbrauen.

»Ach«, kicherte Jula, »mach dir mal keine Sorgen um mich. Ich finde schon was.«

Peter verdrehte die Augen, stimmte aber dem Plan zu.

Sie saßen noch eine Stunde zusammen in der Küche und Julian beteiligte sich zögernd an dem Gespräch. Tom hatte den Eindruck, dass es ihm guttat, in einer normalen Umgebung zu sein. Ohne Beschimpfungen, Gewalt oder emotionalen Druck. Sie konnten den Jungen heute nicht retten und ihm auch nicht die Last der Auseinandersetzung mit seinen Eltern nehmen. Aber sie würden ihm für diesen Abend ein bisschen Sicherheit und Geborgenheit bieten. Das war schon eine Menge, fand er. Außerdem konnte Julian hier übernachten, ohne sich Sorgen zu machen. Das dachte Tom zumindest, als er ihm eine unbenutzte Zahnbürste in die Hand drückte.

Vierundzwanzig

Sie hatten sich gerade alle in die unterschiedlichen Zimmer zurückgezogen, als es erneut an der Tür klingelte. Tom hatte sich zum Glück noch nicht ausgezogen und mit Joschi auf seinem Bett gesessen, um über den Abend zu sprechen, sodass er sofort aufspringen und zur Tür gehen konnte. Ihm schwante Übles. Alle, die in der letzten Zeit nachts hier geklingelt hatten, waren ungebetene Gäste gewesen. Und so war es auch diesmal.

Der Mann, der vor ihm im Hausflur erschien, stellte sich als Julians Vater heraus, wenn er sich auch nicht richtig vorstellte, denn er brüllte sofort los:

»Was haben Sie mit meinem Sohn gemacht?«

Er versuchte, sich in die Wohnung zu schieben. Doch Tom hielt ihn vehement zurück. Hinter dem Mann entdeckte er Julians Mutter, die eine halbe Treppe weiter unten stand und ziemlich verheult und durcheinander aussah.

»Sie meinen Julian?«, erkundigte sich Tom. »Ich habe ihm Englisch und Deutsch beigebracht.«

Julians Vater schnaubte. »Mein Sohn hat mir alles erzählt. Also können Sie sich darauf verlassen, dass ich Sie anzeigen werde!«

Hinter Tom kamen jetzt auch Joschi, Jula und Peter in den Wohnungsflur und stärkten ihm den Rücken. Das alles kam ihm wie ein Déjà-vu der Auseinandersetzung mit seinem Vater vor einem halben Jahr vor. Er atmete tief durch.

»Wofür wollen Sie mich denn anzeigen? Dass ich ihm den *Faust* erklärt habe? Oder ihm die englische Grammatik nahegebracht habe?«

»Sie wissen genau, was ich meine!«, blaffte der Vater ihn an.

Jetzt kam Julians Mutter die Treppe hoch und zog ihren Mann am Arm von der Tür weg. Doch der ließ sich nicht so einfach ablenken.

»Sie haben meinen Sohn verführt! Das ist strafbar. Und dafür bringe ich Sie um!«

Schon machte der Vater wieder Anstalten, sich auf Tom zu stürzen. Doch Peter zog ihn eilig in die Wohnung und Joschi stellte sich schützend vor ihn.

»Sie verlassen jetzt sofort dieses Haus!«, sagte Joschi entschieden. »Oder wir rufen die Polizei!«

Wieder einmal war Tom heilfroh, dass er seine Freunde hatte, die ihm zur Seite standen. Er linste schnell den Flur entlang, doch Julas Zimmertür war geschlossen. Das war auch besser so und er hoffte inständig, dass Julian einfach in ihrem Zimmer blieb, bis das Chaos hier draußen vorbei war.

»Komm, Walter!«, sagte Julians Mutter leise. »Das bringt doch nichts.« Dann wandte sie sich an Tom. »Ist er hier?«

»Wer?«, fragte Tom mit so viel Überraschung in der Stimme, dass ihm nicht anzusehen war, dass er innerlich zitterte. »Julian?« Die Mutter nickte. »Nein. Ihr Sohn ist nicht hier.«

In diesem Moment polterte es eine Etage tiefer im Treppenhaus und Tom befürchtete schon, dass sich jetzt die Nachbarn beschweren würden, was er gut verstehen könnte. Aber da kam jemand ganz anderes die Treppe raufgestolpert: Finn. Natürlich. Mit seinem unverbesserlichen Gespür für schlechtes Timing. Tom stöhnte genervt. Auf den konnte er in dieser Situation noch viel mehr verzichten als in allen anderen Lebenslagen.

»Tom!«, lallte Finn und hielt sich am Treppengeländer fest. »Ich habe dich so vermisst!«

Irritiert starrten Julians Eltern den völlig zugedröhnten Finn an, der offensichtlich große Schwierigkeiten hatte, sich auf den Beinen zu halten. Tom fragte sich, wie er überhaupt die Treppe bis hier heraufgekommen war, ohne sich irgendwas zu brechen.

»Geh nach Hause, Finn!«, fauchte Tom den Besoffenen an.

»Mir tut das alles so leid!«, lamentierte der weiter.

Julians Vater wandte sich jetzt wieder Tom zu. »Mit solchen Menschen umgeben Sie sich also? Das hätte ich mir ja denken können.«

»Tom!«, brabbelte Finn weiter. »Ich will dir das alles erklären. Du bist doch so anders als die anderen. Ich liebe dich!« Finn verschluckte sich an dem letzten Satz und wäre fast die Stufen, die er schon heraufgestiegen war, wieder runtergefallen. »Ich kann mich ändern! Und dann wird alles anders. Besser! Ganz bestimmt!«

Tom drängte sich jetzt an Julians Vater vorbei aus der Wohnung heraus und packte Finn am Arm.

»Du verpisst dich jetzt auf der Stelle! Und komm einfach nie wieder!«

Er drehte Finn um und schob ihn die Treppe ein paar Stufen hinunter.

»Haben Sie meinem Sohn auch Drogen gegeben?«, mischte sich jetzt Julians Vater wieder ein. »Haben Sie ihn damit rumgekriegt?«

Finn sträubte sich gegen Toms resoluten Griff am Arm und versuchte, Julians Vater anzugehen.

»Lass Tom in Ruhe, du Arschloch! Der verkauft keinem irgendwas!«

Bevor er noch weiter unsinniges Zeug von sich geben konnte, schob Tom ihn weiter die Treppe runter.

»Du gehst jetzt nach Hause! Ich melde mich morgen bei dir.«

Aus unerfindlichen Gründen gab sich Finn damit zufrieden und taumelte alleine die Treppe weiter abwärts, während er unverständliche Sätze vor sich hin murmelte. Tom kletterte erschöpft die Stufen wieder hoch und schob sich an den verdutzten Eltern von Julian vorbei. In der Wohnungstür wandte er sich zu ihnen um. Er hatte genug. Seine Wut auf Finn gab ihm Energie, um sich endlich gegen sie zu behaupten.

Er stemmte die Fäuste in die Hüften.

»Ich habe Ihrem Sohn Nachhilfe gegeben und mich mit ihm über Dinge unterhalten, die er mit Ihnen offensichtlich nicht besprechen kann. Das ist alles von meiner Seite. Jetzt verschwinden Sie auf der Stelle und lassen mich mit Ihren Problemen in Frieden!«

Schließlich schaffte es Patrizia Schmitz, ihren Mann von der Wohnungstür wegzuziehen. Widerwillig folgte er ihr die Treppe hinunter. Einen Moment später krachte unten die Haustür ins Schloss. Fassungslos sah Tom ihnen nach. Dann schloss er die Wohnungstür und sah seine Freunde an.

»Hattest du mir nicht versprochen, dass das nicht noch einmal vorkommt?«, fragte Peter und knuffte ihn in die Seite.

Jetzt öffnete sich die Tür zu Julas Zimmer doch und Julian guckte ziemlich verängstigt heraus. Als er sah,

dass seine Eltern wirklich gegangen waren, sagte er leise »Danke« und marschierte dann über den Flur auf die
Wohnungstür zu. Tom hielt ihn zurück, als er gerade
nach der Türklinke griff.

»Wo willst du hin?«, erkundigte er sich.

»Ich will nicht, dass ihr noch mehr Ärger habt. Ich
muss woanders hin.«

»Und wohin genau?«

Julian zuckte mit den Schultern. »Keine Ahnung. Ich
finde schon was.«

Tom zog ihn von der Tür weg und setzte ihn in der
Küche auf einen Stuhl. Dann hockte er sich vor ihn und
musterte ihn eindringlich.

»Du bleibst jetzt erst mal hier. Keine Widerrede. Hier
passiert dir nichts und morgen überlegen wir weiter.
Okay?«

Julian nickte erschöpft.

»Versprich mir, dass du nicht einfach mitten in der
Nacht abhaust«, fuhr Tom fort. »Das bringt nämlich keinem was. Und dir am wenigsten.«

Wieder nickte Julian.

»Gut. Dann gehen wir jetzt alle wieder schlafen.
Morgen früh reden wir darüber, wie du weitermachen
kannst!«

Julian nickte erneut und schlurfte in Julas Zimmer
zurück.

FÜNFUNDZWANZIG

TOM MARSCHIERTE IN sein Zimmer, wo Joschi schon auf ihn wartete. Völlig erschöpft sackte er auf seinem Bett zusammen.

»Willst du reden?«, erkundigte sich Joschi.

Tom schüttelte den Kopf. »Heute können wir sowieso nichts mehr machen.« Er hob den Blick zu Joschi, der vor ihm stand. »War das richtig? Seinen Eltern zu sagen, dass er nicht hier ist?«

»Ja, das war richtig. Sein Vater hätte ihn in seiner Stimmung womöglich grün und blau geprügelt. Und morgen überlegen wir zusammen, was wir mit ihm machen.«

Joschi setzte sich neben Tom auf die Matratze und nahm ihn in die Arme. Das tat Tom gut. Ihm steckte die Anstrengung der Begegnung mit Julians Eltern in allen Knochen. Jetzt wollte er sich einfach nur fallen lassen. Er spürte Joschis Hand, die ihm sachte über den Rücken strich. Warum hatte er diesen Mann eigentlich nicht schon viel früher richtig wahrgenommen? Sich in Finn zu verknallen war völlig bescheuert gewesen. Und auch die Fantasien, die er mit Phil in Verbindung brachte, hatten sein Leben nicht besser gemacht. Eher komplizierter. Selbst wenn er den Sex mit ihm genossen hatte. Aber Ruhe hatte er bei ihm nicht gefunden. Und genau nach der sehnte er sich.

»Willst du eigentlich Kinder haben?«, fragte Joschi plötzlich.

»Wie kommst du denn jetzt darauf?«

»Ich mache mir schon manchmal Gedanken darum, wie mein Leben verlaufen wird. Was nach dem Studium kommt.«

Joschi sah Tom gedankenverloren an. Und der musste lachen.

»Also, wenn ich mir den Kerl da in Julas Zimmer angucke, dann weiß ich nicht, ob Kinder so eine gute Entscheidung sind.«

Joschi nickte belustigt. »Da hast du recht. Allerdings ist der auch gerade in einer echt schwierigen Phase.«

»Sind wir nicht immer in schwierigen Phasen? Oder hört das irgendwann mal auf?«

»Vermutlich nicht.«

Tom kuschelte sich an Joschis Brust. Vielleicht würde der ihm ja dabei helfen, aus seinen eigenen schwierigen Phasen rauszukommen. Das würde aber bedeuten, dass sie doch mehr als nur Freunde wären. Eine plötzliche Unsicherheit sickerte in Toms Bauch und er hob den Kopf.

»Was ist das jetzt eigentlich mit uns beiden?«

Erstaunt musterte Joschi ihn. »Freunde?«

»Aber ich will mehr.«

Joschi lachte. »Freundschaft plus Sex?«

»Mehr!«

Jetzt sah Joschi ihn ernst an. »Tom, ich habe mich in dich verliebt.«

Wie eine Explosion durchzuckte Tom ein Glücksgefühl. Er richtete sich auf und blickte Joschi an. Gänsehaut überzog schlagartig seinen ganzen Körper.

»Und ich liebe dich!«, sagte er leise.

Schon diese Worte auszusprechen war eine Wohltat für Tom. Er hatte das noch nie jemandem gesagt. Joschi küsste ihn und für einen Moment lösten sich alle anderen Gedanken wie flüchtiger Nebel auf.

Nach einer Weile fragte Joschi: »Was ist mit Finn?«

»Finn? Im Ernst jetzt?« Die Frage erstaunte Tom.

»Und der Junge nebenan?«

Diesmal lachte Tom wieder. »Julian ist doch viel zu jung.« Er dachte kurz nach und fügte hinzu: »Natürlich ist es schmeichelhaft, wenn sich so ein Junge in mich verliebt. Aber der muss erst mal mit sich selbst klarkommen. Außerdem ist er überhaupt nicht mein Typ.«

»Aber du findest ihn geil.«

»Ich finde dich geil.« Er wollte jetzt nicht mehr mit Joschi reden, sondern ihn einfach nur noch für den Rest der Nacht küssen. Doch dann schoss ihm doch noch eine Frage durch den Kopf. »Was ist mit Mischa?«, fragte er leise.

»Ach der.« Joschi kicherte. »Den habe ich mir doch nur ans Bein getackert, um dich eifersüchtig zu machen!«

Tom richtete sich auf, stieß ihm seine Finger in die Seite und kitzelte ihn. Joschi versuchte verzweifelt, sich gegen den Angriff zu wehren, doch Tom war schneller und fand immer mehr Körperstellen, an denen Joschi kitzelig war. Sie wälzten sich über die Matratze. Joschi bettelte um Gnade und schließlich packte Tom ihn an den Handgelenken und drehte ihn auf den Rücken. Er drückte die Hände nach unten und stützte sich mit seinen ausgestreckten Armen auf Joschis Handgelenke.

Sie sahen sich lange in die Augen. Tom spürte die Erektion in seiner Hose und senkte sein Becken langsam auf Joschi hinab. Der lächelte, denn auch sein

Schwanz war steif, wie Tom sofort bemerkte, als seine Erektion bei Joschi angekommen war. Tom beugte sich zu ihm hinab und küsste ihn. Er roch den Duft von Joschis Körper, eine Mischung aus Rosmarin, Schweiß und seinem Deo. Er schmeckte seinen Mund und seine Lippen und erforschte seine Mundhöhle mit der Zunge. Er tastete sich über die Zähne und nahm Joschis Zunge in sich auf.

Joschi zog sich nach einer Weile langsam zurück und warf Tom dann mit einem Ruck zur Seite. Der war überrascht, ließ es aber geschehen. Joschi legte sich nun seinerseits auf ihn und drückte sein Geschlecht gegen ihn. Dann richtete er den Oberkörper auf, öffnete den Gürtel von Toms Jeans und zog ihm die Hose aus. Die Boxershorts folgten sofort. Toms Schwanz richtete sich erwartungsvoll in die Höhe. Joschi stand auf, um sich auch die Hosen abzustreifen, und Tom nutzte die Gelegenheit, um sein T-Shirt loszuwerden. Im nächsten Moment kniete Joschi nackt vor ihm. Auch sein Schwanz reckte sich ihm verführerisch entgegen.

»Was möchtest du am liebsten?«, fragte er Tom.

»Ich möchte dich ganz spüren. So viel Haut wie möglich. Alles von dir. Und nie wieder etwas anderes.«

Joschi legte sich auf Tom und den durchströmte ein warmes Kribbeln, als er Joschis Haut auf seinem Körper spürte. Genau das wollte er. Joschi küsste ihn wieder und bewegte dabei sein Becken langsam auf und ab. Tom legte ihm seine Hände auf den Rücken und zog ihn noch dichter an sich heran. Er tastete sich weiter nach unten und umfasste den schmalen Hintern. Joschis Haut war so weich.

Sie brauchten keine großen Gesten, keine schnellen Bewegungen. Sie verschmolzen einfach zu einem einzigen Wesen, einer Existenz, die völlig losgelöst war von ihrer Umgebung. Joschi trennte sich von Toms Mund und legte seine Wange an Toms Wange. Sein Atem wurde allmählich schneller und Tom spürte seinen Schwanz fast hilflos zucken.

Joschi flüsterte ihm leise ins Ohr:»Ich komme gleich.«

»Ich auch«, entgegnete Tom leise.

Joschi blieb auf ihm liegen, bewegte sein Becken in sanften und zugleich fordernden Bewegungen, die Tom fast wahnsinnig machten. Und dann stockte Joschi kurz, seine Rückenmuskeln spannten sich an und die Arschbacken, die Tom gerade wieder gierig zu sich heranzog, zogen sich zusammen. Mit einem langen Stöhnen kam Joschi und schoss seinen Samen auf Toms Bauch. Tom spürte die warme Flüssigkeit auf seinem Körper. Sie machte die langsamen Bewegungen, in die Joschi jetzt wieder verfiel, glitschiger und geiler. Joschi hob den Kopf und den Oberkörper leicht an, stützte sich auf seine Arme und sah Tom tief in die Augen. Er lächelte. Und dann knisterten die elektrischen Ströme durch Toms Rücken. Die aufgestaute Spannung kroch durch seinen Unterleib, konzentrierte sich auf seine Eier und erreichten explosionsartig seinen Schwanz. Ihm stockte der Atem, dann spritzte das Sperma aus ihm heraus. Erst ein Schub, dann noch einer, und noch einer. Er stieß den Atem in einem langen Strom aus und sein gesamter Körper vibrierte dabei. Er hatte kurz die Augen geschlossen, und als er sie jetzt wieder öffnete, sah er immer noch Joschis Pupillen vor sich. Und ein Gesicht, auf dem sich vor Freude und Glück ein breites Lächeln weitete. Dann senkte sich dieses Gesicht herab und legte sich neben Toms Kopf. Sie wandten die Köpfe einander zu.

Sie lagen lange einfach so da, ohne ein Wort zu sprechen, und sahen sich an. Tom wurde jetzt endgültig klar, wie sehr er diesen Mann da auf sich liebte. Ihn vielleicht immer schon geliebt hatte. Nicht erst seit ihrer Wiederbegegnung vor ein paar Monaten, sondern auch schon in den Jahren davor. In der Schule. Und in der Zeit, in der sie sich nicht gesehen, nichts voneinander gehört hatten. Joschi war irgendwie immer da gewesen. In seinem Kopf, in seinem Bauch. Und in seinem Herz.

Irgendwann, nach einer Ewigkeit, die nie enden sollte, wälzte sich Joschi auf die Matratze, strich Tom noch einmal über das Gesicht und durch die Haare, zog ihn dann mit dem Rücken an seinen Bauch und legte einen Arm um ihn. Aneinandergedrückt dämmerten sie langsam in den Schlaf.

Sechsundzwanzig

Am nächsten Morgen wachte Tom wie gerädert auf. Er hatte wirr geträumt. Und wieder hatten sowohl Joschi als auch Julian eine Rolle dabei gespielt. Doch diesmal war Joschi bei ihm geblieben, hatte ihm bei der Suche nach einem Ausweg von der Insel beigestanden. Julian hatte ihn hingegen die ganze Zeit bloß angestarrt und nicht reagiert, wenn Tom ihn angesprochen hatte. Kurz bevor Tom aufwachte, war er mit Joschi in ein kleines Fischerboot gestiegen, das sie zum Festland brachte.

Die Sonne schien durch das Fenster ins Zimmer, als Tom sich vorsichtig aufrichtete, um Joschi nicht zu wecken, sich Shorts und ein T-Shirt überzog und in die Küche taperte. Julian saß bereits am Küchentisch und sah ihm müde entgegen. Tom wuschelte ihm sanft durch die Haare und machte Kaffee.

»Hast du geschlafen?«, fragte er.

»Nicht viel.«

Tom wandte sich zu Julian um. »Hast du Angst, nach Hause zu gehen?«

»Ich will nicht ins Internat.«

»Ist die Entscheidung denn schon endgültig gefallen?«

»Ich habe keine Ahnung, was meine Eltern denken. Ich will auch nicht nach Hause.«

Tom zog zwei Tassen aus dem Regal, stellte sie auf

den Tisch, holte die Milch aus dem Kühlschrank und setzte sich, während die Kaffeemaschine im Hintergrund vor sich hin blubberte.

»Und wenn die Idee mit dem Internat gar nicht so schlecht ist?«, wagte Tom sich vorsichtig vor. Julian sah ihn verständnislos an. »Ich meine: Deine Eltern haben bescheuert reagiert. Darüber brauchen wir nicht diskutieren. Und du hast noch drei Jahre vor dir bis zum Abitur, wenn du keine Ehrenrunde drehst. Richtig?«

Julian nickte.

»Was wäre, wenn du diese drei Jahre in einem räumlichen Abstand zu deinen Eltern verbringst?«

»Ich könnt ja zu Hause ausziehen ... in eine WG oder so was ...«

So verloren, wie Julian das sagte, wusste Tom, dass er das genauso wenig wollte. Tom holte den Kaffee und goss ihre Tassen voll.

»Diese Entscheidung kannst du dann später noch treffen.«

Julian zog seine Tasse zu sich heran, goss sich einen Schluck Milch dazu und dachte nach. Tom hörte im Flur jemanden zum Klo gehen, konnte aber nicht erkennen, ob das Joschi oder einer von den anderen war.

»Und was ist mit meinen Freunden?«, fragte Julian. »Wenn ich im Internat bin, dann sind die ja weit weg.«

Tom nickte verständnisvoll, dann schüttelte er den Kopf und lächelte. »Welche Freunde meinst du?«

»Na, die aus der Schule.«

»Hand aufs Herz: Sind das wirklich deine Freunde? Wissen die, dass du schwul bist?«

Julian senkte den Blick. »Vermutlich nicht.«

Tom streckte die Hand nach Julians Arm aus. »Ich will dich nicht dazu überreden, wegzugehen. Ich finde nur die Idee, nicht mehr mit deinen Eltern unter einem Dach zu wohnen, gar nicht so schlecht. Und wenn du achtzehn bist, dann kannst du sowieso machen, was du willst. Das ist gar nicht mehr so lange hin.«

»Immerhin eineinhalb Jahre.«

»Das ist ein Klacks. Und die Zeit kriegst du in einem Internat besser rum als da draußen in der spießigen Siedlung deiner Eltern.«

Zum ersten Mal an diesem Morgen lachte Julian leise. »Ja, spießig ist es da wirklich.« Er trank einen Schluck Kaffee, bevor er fragte: »Nehmen die Internate denn im laufenden Schuljahr überhaupt neue Schüler auf?«

»Das wirst du rauskriegen. Und wenn es erst nach den Sommerferien losgeht, dann schaffst du das auch. Das ist nicht mehr so lang.«

Ruckartig ging Julians Kopf wieder nach oben. »Die Ferien. Was mache ich denn in der Zeit? Ich kann doch nicht mit meinen Eltern wegfahren? Das wird schrecklich!«

»Was wird schrecklich?«, fragte Joschi, der mit zerstrubbelten Haaren und in Shorts an der Küchentür auftauchte.

Tom sprang auf, gab ihm einen Kuss und fischte eine saubere Tasse für ihn aus dem Regal.

»Julian will nicht mit seinen Eltern in den Urlaub fahren«, erklärte Tom ihm und goss ihm Kaffee ein. »Wir überlegen gerade, wie er jetzt weitermachen kann.«

»Dann bleib doch hier in der Stadt«, meinte Joschi und setzte sich an den Tisch.

»Nie im Leben lassen die mich hier alleine«, murmelte Julian. »Die wollen die volle Kontrolle über mich.«

»Kannst du nicht mit anderen Leuten wegfahren?«, erkundigte sich Joschi. »Oder deine Großeltern besuchen? Jeder hat doch irgendwelche coolen Verwandten, mit denen man was anfangen kann.«

Julians Miene hellte sich schlagartig auf. »Meine Tante ist toll. Und die fährt mit ihrem Mann vermutlich wieder in ihr Haus in Schweden. Das ist ein bisschen einsam gelegen, aber ich war da schon mal mit denen.«

»Siehste!«, sagte Joschi entschieden. »Dann rufst du die an und fragst, ob du mitfahren kannst. Dagegen können deine Eltern doch nichts sagen. In Schweden bist du in Sicherheit. Vor allem, wenn das so einsam ist. Da kann dir nichts passieren.«

Julian musterte ihn erstaunt und Tom musste lachen, weil der Junge dabei so unschuldig aussah.

»Was sollte mir denn passieren?«, fragte Julian unsicher.

»Du könntest einem schwulen Elch über den Weg laufen«, antwortete Joschi lachend. »Aber Spaß beiseite: Ich finde das einen guten Plan.«

In diesem Moment kam auch Jula über den Flur geschlichen. Sie streckte den Kopf zur Tür rein und kniff die Augen zusammen, weil das helle Sonnenlicht sie blendete.

»Was seid ihr denn um diese Zeit schon so fröhlich?«, fragte sie.

»Kaffee?«, fragte Tom und stand auf.

»Zweimal bitte. Schwarz.«

Tom hielt ihr einen Moment später die vollen Tassen hin, mit denen sie sich wieder in Peters Zimmer verzog.

»Was ist eigentlich mit den beiden?«, fragte Julian. »Sind die ein Paar?«

Tom wiegte den Kopf hin und her. »Ich befürchte, das ist kompliziert.«

»Und ihr?«

Tom sah Joschi an und Joschi sah Tom an. Joschi zog fragend die Augenbrauen hoch.

»Sind wir ein Paar?«

Tom lächelte. »Ich denke schon.«

Da beugte sich Joschi zu ihm herüber und küsste ihn. In Toms Hose staute sich sofort das Blut, doch er wollte diesen Kuss nicht unterbrechen. Als er spürte, dass seine Erektion unter dem Tisch die Grenzen seiner Shorts zu sprengen drohte, zog er sich dennoch zurück und seufzte leise.

»Später mehr«, flüsterte er Joschi zu. »Versprochen!«

Dann wandte er sich wieder dem Gast an ihrem Tisch zu.

»Wie mache ich das, dass ich das auch kriege?«, fragte Julian leise.

Joschi legte ihm vorsichtig eine Hand auf den Unterarm. »Mach dir keine Gedanken darum. Das wird schon. Aber das braucht manchmal ein bisschen Zeit.«

»Und wer weiß, wem du im Internat über den Weg läufst«, ergänzte Tom. »Man hört von Internaten ja manchmal aufregende Dinge. Hanni und Nanni hatten da eine Menge Spaß!«

Alle drei prusteten los.

»Mach ihm keine allzu großen Hoffnungen«, warnte Joschi. Doch dann wandte er sich dem Jungen zu. »Es ist auf jeden Fall eine Chance für dich, neu anzufangen.«

Tom und Julian duschten noch schnell, nachdem sie gemeinsam beschlossen hatten, Julian nach dem Frühstück zu seinen Eltern zu bringen. Dessen Klamotten waren mittlerweile einigermaßen getrocknet, sodass er sie wieder anziehen konnte. Peter und Jula zeigten sich nicht und so liefen die drei ohne Abschied etwas später die Treppen runter, schnappten sich E-Roller und düs-

ten in Richtung gutbürgerlicher Siedlung im Westen
der Stadt.

SIEBENUNDZWANZIG

VOR DEM HAUS von Julians Eltern stand ein Streifenwagen der Polizei und Julians Vater war in ein hitziges Gespräch mit einer Polizistin und einem Polizisten verwickelt. Julian stoppte an der Straßenecke.

»Oh, Mann!«, stöhnte er, als Tom und Joschi neben ihm anhielten. »Die ziehen die große Nummer durch.«

»Keine Angst, wir sind ja bei dir!«, sagte Tom und trat seinen Roller wieder an. »Da musst du jetzt leider durch!«, rief er noch hinter sich und fuhr auf das Haus zu, in dem er schon ein paarmal gewesen war. Er stellte seinen Roller am Zaun der Nachbarn ab und wartete auf Julian und Joschi.

Als Joschis Vater seinen Sohn entdeckte, stürzte er sofort auf ihn zu.

»Wo bist du gewesen?«, brüllte er und wollte Julian am Arm packen.

Doch Tom schob sich dazwischen. »Guten Morgen, Herr Schmitz«, sagte er freundlich.

Der Vater versuchte, Tom aus dem Weg zu schieben, aber Joschi trat neben ihn, während Julian sich hinter den beiden versteckte. Die Beamten marschierten jetzt auf sie zu und die Polizistin zog Julians Vater entschlossen zurück.

»Bist du Julian?«, fragte der männliche Kollege.

Julian nickte.

»Und wer sind Sie?«, erkundigte sich die Polizistin bei Tom und Joschi.

Die beiden stellten sich kurz vor und Tom erklärte, dass Julian am vergangenen Abend bei ihm vor seinen Eltern Schutz gesucht hatte und über Nacht geblieben war.

»Ich schleppe euch vor Gericht!«, blaffte Julians Vater ihn an.

»Weswegen?«, fragte Tom. »Weil ich Ihren Sohn davor beschützt habe, von Ihnen verprügelt zu werden?«

Erstaunt sah die Polizistin ihn an.

»Das sollten Sie mir erklären«, sagte sie zu Tom. Und dann wandte sie sich Julian zu. »Was ist denn passiert?«

Julian traute sich nicht, etwas zu sagen, und sah ängstlich zwischen den Erwachsenen hin und her. Plötzlich kam er Tom noch viel jünger vor als sonst.

»Sollen wir nicht ins Haus gehen, um darüber zu sprechen, was passiert ist?«, schlug Tom vor.

»Sie werden mein Haus ganz bestimmt nie wieder betreten!«, schimpfte Julians Vater.

»Wir können das auch hier auf der Straße klären«, wandte Joschi jetzt ein. »Und ich bin sicher, dass Ihre Nachbarn daran gerne teilhaben.«

Tatsächlich waren vor zwei Häusern die Bewohner in die Vorgärten getreten, um zu sehen, was in der ruhigen Siedlung geschah, und hinter mindestens zwei weiteren Fenstern entdeckte Tom neugierige Gesichter zwischen Gardinen und Topfpflanzen. Resigniert zog Julians Vater den Kopf ein.

»Ich halte es auch für einen besseren Vorschlag, wenn wir das im Haus klären!«, sagte die Polizistin. Zu Julians Vater gewandt fuhr sie fort. »Und Sie sollten sich ein bisschen beruhigen, sonst müssen wir Sie leider mitnehmen.«

Ein schmales Grinsen zog sich über Julians Gesicht, als er hinter seinem Vater an Tom vorbeiging.

»Wir schaffen das«, flüsterte der ihm zu. »Wir gehen nicht weg, bevor das geklärt ist.«

Einen Moment später saßen sie in der Sofagarnitur im Wohnzimmer. Julian hatte darum gebeten, zwischen Tom und Joschi sitzen zu dürfen, der Vater nahm ihnen gegenüber Platz und die Polizistin setzte sich über Eck zwischen die Parteien. Ihr Kollege stellte sich demonstrativ hinter Julians Vater, sodass er ihn sofort packen konnte, wenn er ausrasten sollte.

Tom berichtete der Polizistin, was er wusste und wie er die Situation erlebt hatte. Als er von dem Ausraster von Julians Vater am Abend zuvor erzählte, schimpfte der laut los, wurde jedoch unterbrochen, als Julians Mutter aus der oberen Etage herunterkam und wortlos in der Wohnzimmertür stehen blieb. Sie hatte ein dick überschminktes Auge, das unübersehbar unter all der Farbe dunkel angelaufen war.

»Mama!«, flüsterte Julian und sprang auf.

Seine Mutter nahm ihn in die Arme.

»Was ist mit deinem Auge?«, fragte er. »Hat er dich noch mal geschlagen?«

Seine Mutter schüttelte den Kopf. »Ich habe mich gestoßen.«

Jetzt erhob sich die Polizistin und trat auf Julians Mutter zu.

»Brauchen Sie einen Arzt?«, fragte sie.

Wieder schüttelte Julians Mutter den Kopf.

»Sollen wir uns kurz unter vier Augen unterhalten?«

Bevor Julians Mutter reagieren konnte, zog die Polizistin sie schon von der Tür weg und verschwand mit ihr in der Küche. Julian wandte sich jetzt zu seinem Vater um.

»Damit bist du zu weit gegangen!«, murmelte er und seine Augen funkelten. »Ich will nicht mehr mit dir unter einem Dach leben.«

»Und wo willst du dann hin?«, blaffte ihn sein Vater an. »Willst du bei den Schwuchteln unterkommen?«

Der Polizist legte ihm die Hand auf die Schulter und verhinderte dadurch, dass Julians Vater sich seinem Sohn nähern konnte.

»Der Junge kommt aufs Internat«, sagte die Mutter in diesem Moment. Sie trat mit der Polizistin wieder ins Wohnzimmer, blieb aber in gebührendem Abstand zu ihrem Mann an der Terrassentür stehen. »Das ist das Beste für uns alle.«

Die Polizistin setzte sich wieder in den Sessel am Couchtisch.

»Herr Schmitz. Sie können von Glück reden, dass Ihre Frau von einer Anzeige absieht. Aber bitte machen Sie sich klar, dass wir den Vorfall zu Protokoll nehmen.«

Julians Vater schnaubte wütend, sagte aber nichts.

»Und was machst du?«, fragte Julian seine Mutter. »Du kannst doch nicht hierbleiben?«

»Du und ich, wir fahren erst mal zu meiner Schwester in den Schwarzwald. Ich habe heute Morgen schon mit meinem alten Schulfreund Gernot gesprochen, der ein Internat ganz in der Nähe dort leitet. Er hat mir versichert, dass du sofort dort einziehen kannst.«

»Sofort?«, fragte Julian fassungslos.

Er blickte verunsichert von einem zum anderen, schreckte dann aber vor dem wütenden Gesichtsausdruck seines Vaters zurück und sah Tom bittend an, der ihm fast unmerklich zuzwinkerte.

»Willst du lieber allein mit deinem Vater hierbleiben?«, fragte Tom.

»Nein«, antwortete Julian. »Aber kann ich nicht eine Weile bei euch bleiben?«

»Julian, das ist doch keine Lösung.« Tom schüttelte energisch den Kopf. »Du musst deinen eigenen Weg finden. Auch wenn das jetzt alles furchtbar schnell geht.«

Auch die Polizistin schaltete sich jetzt ein: »Ich glaube, es ist besser für dich, wenn du so bald wie möglich in dieses Internat gehst. Nach dem, was deine Mutter mir erzählte, bist du dort gut aufgehoben.«

Julian nickte nachdenklich und schien sich mit der Situation anzufreunden.

ACHTUNDZWANZIG

ALS TOM UND Joschi nachmittags am Flussufer saßen, kam von Julian die Nachricht, dass er mit seiner Mutter auf dem Weg nach Süddeutschland sei. *Danke dass ich letzte Nacht bei euch in der WG übernachten durfte*, schrieb er. *Grüße auch an Jula und die anderen.* Und er habe schon mit seiner Tante über den Sommer gesprochen. Drei Wochen würde er im Juli in Schweden verbringen. Seine Mutter war damit einverstanden.

»Hoffentlich kommt der im Internat zurecht«, sagte Tom und warf einen Kieselstein in den Fluss.

»Du machst dir zu viele Sorgen um den Jungen«, entgegnete Joschi. »Ich glaube, Julian ist stärker, als er selbst denkt.«

Die Sonne wärmte zum ersten Mal in diesem Jahr richtig. Ein Lastkahn schob sich langsam flussaufwärts und drückte eine kräftige Bugwelle vor sich her, die gegen das Ufer schwappte, sodass die beiden ihre Füße kurz anheben mussten, damit sie keine nassen Füße bekamen.

»Mitten im Schuljahr die Schule zu wechseln ist bestimmt kein Spaß.«

»Immer noch besser, als mit diesen bescheuerten Eltern zusammenzuwohnen. Die brauchen Abstand voneinander. Dann kriegen sich die Alten auch wieder ein. Und du hast das wunderbar gedeichselt.«

»Ohne dich hätte ich nicht die Kraft dazu gehabt«, murmelte Tom und lehnte sich an Joschi.

Der legte ihm den Arm um die Schultern und wiegte ihn langsam hin und her. Sie schmiegten sich aneinander und sahen eine Weile wortlos auf das vorbeifließende Wasser.

Nach einer Weile nahm Joschi seinen Arm wieder herunter und griff nach der Wasserflasche, die neben ihnen lag. Er trank, betrachtete nachdenklich das gegenüberliegende Ufer und räusperte sich schließlich.

»Willst du das überhaupt?«, fragte er.

Tom richtete sich auf. »Was meinst du?«

»Das hier mit uns.«

»Natürlich will ich das.«

»Gut.«

Tom zog Joschis Gesicht mit der Hand zu sich herum. »Was beschäftigt dich?«

Joschi sah ihm in die Augen, zögerte einen Moment, doch dann rang er sich dazu durch, Tom seine Gedanken mitzuteilen.

»Willst du eine monogame Beziehung?«

Tom lachte. »Ja. Absolut. Ich will mit dir zusammen sein. Nichts habe ich jemals mehr gewollt.«

»Und was ist mit anderen Männern?«

Tom schüttelte den Kopf. »Die interessieren mich nicht mehr.«

»Und Phil?«

Kurz erstarrte Tom. Joschi traf mit dieser Frage tatsächlich ins Schwarze. Aber wie kam er darauf, dass das noch aktuell sein könnte? Ahnte er etwas?

»Ich habe seinen Blick neulich bei seinem Geburtstag gesehen. Er hat manchmal etwas von einem Raubtier, das sich seine Beute genau aussucht.«

Tom wusste, was Joschi meinte. Auch er hatte hin und wieder diese Mischung aus Neugierde und Hunger bemerkt, der er sich bisher widerstandslos ausgeliefert gesehen hatte. Aber war das jetzt nicht etwas völlig anderes, weil er mit Joschi zusammen war?

»Phil war neugierig«, sagte Tom vorsichtig. »Ich glaube nicht, dass er wirklich auf Männer steht. Oder zumindest nur ein bisschen. Und er akzeptiert, wenn ich Nein sage.«

»Ich weiß nicht sicher, ob ich dich teilen kann«, sagte Joschi leise. »Aber ich will dich auch nicht am mir festketten.«

»Das, was ich mit Phil hatte, war nur Sex. Das hat keine Bedeutung. Das habe ich mit ihm geklärt. Denn was ich wirklich will, das bist du.«

Joschi nickte. Er wandte sich wieder dem Fluss zu und trank noch einen Schluck aus der Wasserflasche. Dann nickte er erneut.

»Ich glaube, für mich ist es am besten, wenn ich das alles gar nicht so genau weiß.« Jetzt blickte er Tom wieder an. »Sex ist manchmal wie Shoppen gehen. Oder wie wenn man sich mit einem Freund total besäuft. Hin und wieder muss das sein. Sag mir nur, wenn sich deine Gefühle ändern.«

Joschi gab ihm also die Freiheit. Und Tom nahm sich fest vor, ihn nicht zu enttäuschen und sein Vertrauen zu verdienen. Er nickte und lehnte sich wieder an seinen Freund. Sie würden es also wirklich miteinander versuchen. Tom durchströmte ein warmes Glücksgefühl.

Neugierig geworden?

Wenn du nichts mehr von mir verpassen willst, dann melde dich am besten sofort bei meinen GayLetters an: www.stephano.eu

Stephano wuchs in Niedersachsen auf, bevor er zum Studium nach Köln ging. Germanistik, Skandinavistik und Philosophie standen auf dem Plan. Seit 2007 schreibt er. Heute lebt er mit seinem Mann in Köln. Wenn du mehr über ihn erfahren willst, dann findest du ihn hier:

Website: www.stephano.eu
Instagram: stephano_schreibt
Facebook: www.facebook.com/StephanoSchreibt

STEPHAN MARTIN MEYER

Die Karte

Freundschaft, Verbrechen

ist nicht

und wie man herausfindet,

das Gebiet

wer man ist

Roman

Edition
Erdbert

Prolog

Ein dumpfer Knall erschüttert den Berg. Nicht laut, aber deutlich zu spüren. Ein Stoß, gefolgt von einer Druckwelle, die in den Ohren schmerzt. Der Hang löst sich in Zeitlupe. Steine, Erde und Felsen fließen wie zähes Wasser den Berg hinab. Die Masse nimmt alles mit, was ihr in die Quere kommt. Der Boden ist ausgetrocknet. Die Erde zerbröselt bei jeder Berührung, sie wird durch nichts aufgehalten. Die wenigen Bäume bieten keinen Widerstand. Die Abwärtsbewegung wird schneller, die Gewalt reißender. Ein Grollen, das erbarmungslos anschwillt. Der Untergrund bebt. Die gurgelnde Masse aus Geröll, Erde und Baumstämmen wälzt sich den Berg hinab. Sie bewegt sich direkt auf den Hof zu. Einzelne Steine und Felsbrocken treffen bereits das Hausdach. Sie durchschlagen ein Fenster, zwei, drei. Dann prallen die Geröllmassen mit Wucht auf die Gebäude. Sie reißen zuerst die verfallene Hütte nieder. Als Nächstes gibt auch das Hauptgebäude nach. Es rutscht mit einer leichten Linksdrehung den Berg abwärts und stürzt schließlich in sich zusammen. Das Getöse ist inzwischen ohrenbetäubend. Etwa hundert Meter rutschen die Trümmer den Hang hinab. Dann kommt der Strom zum Stehen. Er hat seinen Zweck erfüllt. Wo sich vorher der Hof und ein Parkplatz mit Autos befunden haben, liegen Schutt und Geröll in einer unförmigen Masse. Eine gewaltige Staubwolke schwebt über dem Hang. Unweit der Verwüstung sind drei Gestalten zu reglosen Umrissen erstarrt. Einen unendlichen Moment lang ist es gespenstisch still.

Erstes Kapitel

W er mit vierzehn zu den Coolen gehört, der hat definitiv gewonnen. Ich heiße Johan und gehöre nicht zu den Coolen.

Ich sitze in Bio mit Nils ganz hinten rechts in der Klasse, mit dem Rücken zum milchigen Fenster, das sich nur einen Spalt weit kippen lässt. Über die Hälfte meines Lebens habe ich mit Nils verbracht. Mit ihm habe ich schon im Kindergarten gespielt. Wir waren quasi unzertrennlich, auch wenn Nils bis letzten Sommer einen Jahrgang über mir war. Jetzt spielen wir nicht mehr.

Unsere Schule im Kölner Westen wurde in den Siebzigerjahren gebaut. Die Fassaden bestehen aus grau verfärbtem Beton, die trüben Fensterscheiben sind nie ausgetauscht worden und die Böden mit einem ekligen Teppich ausgelegt, der sich schon lange nicht mehr vernünftig reinigen lässt. Der Winter ist fast vorbei, der Biologieunterricht bei Mr. Fridge leider noch nicht. Mr. Fridge heißt eigentlich Herr Lau. Aber wenn er den Raum betritt, scheint die Temperatur um zehn Grad zu sinken. Der Kühlschrank-Name ist deshalb einfach an ihm hängen geblieben.

»Bringst du deine Boxen zu meiner Party mit?«, flüstert Nils. Doch Mr. Fridge weiß genau, auf wen er achten muss.

»Nils, was gibt es denn da zu tuscheln? Wenn du dich schon die ganze Zeit mit anderen Dingen beschäftigst, dann halt bitte nicht auch noch Johan vom Unterricht ab. Der macht wenigstens mit.«

Was für eine bescheuerte Bemerkung. Ich starre angestrengt auf den Block vor mir und male den Raumplan unserer Schule darauf. Ist so ein Tick von mir. Pläne zeichnen. Fluchtpläne.

»Ich hab doch gar nichts gemacht! Ich hab Johan nur gefragt, wie die Befruchtung der Eizellen beim Geschlechtsakt funktioniert.«

Ein paar Idioten feixen bei dem Wort *Geschlechtsakt* natürlich direkt los. Nils grinst.

»Und was hat er dir geantwortet?«

»Die Antwort hab ich noch nicht bekommen, weil Sie uns unterbrochen haben.« Nils merkt gar nicht, wie er mich mit seiner Notlüge mal wieder total reinreitet. Denn natürlich steigt der blöde Mr. Fridge darauf ein.

»Johan, erklär Nils doch bitte, wie die Befruchtung abläuft. Wenigstens auf dich kann ich mich verlassen.«

Mein Gesicht wird heiß. Das bedeutet, dass ich knallrot werde. Am liebsten würde ich im Boden versinken. Befruchtung, na klar. Aber noch schlimmer: Jetzt stehe ich wieder wie der brave Streber da. Ich beschreibe also stammelnd die Vorgänge bei der Befruchtung, während ich aus den Augenwinkeln sehe, wie sich die anderen über mich lustig machen. Vor allem Linus, mein größter Feind, grinst breit hinter Mr. Fridges Rücken und zeigt anzügliche Gesten. Superwitzig.

Als es klingelt, drückt sich Nils gelangweilt von seinem Stuhl hoch. Der Lärmpegel im Flur steigt rasant und ich muss dringend pinkeln.

»Also, was ist mit den Boxen?«, fragt Nils.

»Der Typ ist ein Idiot!«, sage ich und meine Mr. Fridge. »Ich verstehe nicht, warum der uns immer gegeneinander ausspielt.«

»Ach, vergiss es. Kannst ja nichts dafür. Die Boxen?«

»Du musst echt aufpassen. Sonst verpasst er dir eine Fünf und du bleibst im Sommer wieder hängen.«

»Ist doch jetzt egal. Der Sommer ist weit weg. Nur die Party zählt! Die wird echt krass.«

»Klar bringe ich die Boxen mit. Ehrensache.«

»Cool, Mann. Ich geh raus. Bis gleich.«

Weg ist er. Meine Blase erinnert mich gnadenlos daran, dass ich dringend aufs Klo muss. Mist. Ich renne zum Ende des Flurs, hole tief Luft, ziehe die Tür zu den Toiletten auf und tauche in den stinkenden Raum ein. Vier Jungs drehen sich um und atmen erleichtert auf, als sie mich erkennen. Linus ist einer von ihnen. Das passt ja perfekt.

»Ach nee, der kleine Johan.« Ich ignoriere den Kommentar und öffne eine der vollgeschmierten Klokabinen, schlüpfe schnell rein und schließe die Tür hinter mir. Abschließen kann ich logischerweise nicht, die Schlösser sind schon ewig kaputt.

»Hast deinen Nils ja vorhin mal wieder voll abgesägt. Wenn ich Nils wär, dann würd' ich mir das von so einem kleinen Schleimer nicht gefallen lassen.«

Ich bin fertig, ziehe den Reißverschluss meiner Jeans hoch und drücke die Türklinke runter. Die Tür lässt sich nicht öffnen. Einer der anderen lehnt von außen dagegen. Ich höre Linus lachen.

Wie sehr ich mich nach den Ferien sehne. Zwei Wochen lang Ruhe. Zwei Wochen lang ohne Angst aufs Klo gehen, wann immer ich will.

»Bist du eigentlich in Nils verknallt?«, fragt Linus durch die Tür. »Was macht ihr denn so, wenn ihr euch trefft? Wichst ihr zusammen? Oder will er nicht?«

Die Jungs vor der Tür brechen in schallendes Gelächter aus. Linus hat ja keine Ahnung, was in mir los ist. Seit Weihnachten hängt Nils ständig mit ihm ab. Und seit Nils seine Geburtstagsparty mit Linus zusammen plant, sehen wir uns fast gar nicht mehr. Ich lehne mich an die Klowand. Jeder Zentimeter ist mit Sprüchen und Pimmelbildern vollgeschmiert. Irgendwo habe ich auch mal meinen Namen entdeckt. Ich versuche, mir einzureden, dass mir das egal ist. Ich kann es ja sowieso nicht ändern.

»Was machst du eigentlich da drin?« Die Tür öffnet sich einen Spaltbreit. Ich überlege kurz, ob ich die Gelegenheit nutzen soll, um meinen Fuß in den Zwischenraum zu schieben, lasse es dann aber bleiben.

»Sollen wir dich wieder rauslassen?«

Die Frage ist nicht ernst gemeint. Das nennt man eine rhetorische Frage, auch wenn Linus bestimmt nicht weiß, was das ist. Ich blicke einfach an die gegenüberliegende Wand und zähle die Sekunden. Meditation auf dem Schulklo. Nur noch ein paar Tage, dann fahre ich mit meinen Eltern weg. Nach Südtirol. Die Tür geht noch ein paar Zentimeter weiter auf. Acht Augen sehen mich erwartungsvoll an. Und ehrlich, ich habe keine Ahnung, was genau sie erwarten.

»Der sieht ja aus, als hätt' er gar keinen Schiss.«

Linus tritt langsam in die enge Kabine. Er riecht unangenehm nach Rauch, Chips und Cola. Mir wird von dem Geruch übel. Während ich mich bemühe, möglichst flach zu atmen, schiebt er mich in die Ecke. Mein Blick verharrt auf einem Punkt zwischen Linus' Augen.

»Na, Kleiner, machste dich über uns lustig?«

Ich kann nichts tun, außer darauf zu warten, dass die Pausenklingel Mitleid mit mir hat. Von ganz tief unten aus meinem Bauch steigt das Gefühl der Einsamkeit in mir hoch. Linus nimmt mir nicht nur meinen besten Freund weg, er quält mich auch bei jeder Gelegenheit, die sich ihm bietet. Ich konzentriere mich auf meinen

Atem, damit ich nicht anfange zu heulen. Linus presst seine nach Zigaretten stinkende Hand an meine Wange. Meinen Kopf drückt er dabei an die dreckige Klowand. Unter mir befindet sich die Kloschüssel und ich schaffe es gerade so, aufrecht stehen zu bleiben. Die Übelkeit steigt mir den Hals hoch. Ich bemühe mich, nicht zu kotzen.

»Du solltest eigentlich ein bisschen mehr Angst vor mir haben. Ich kann nämlich auch ganz anders.« Linus verstärkt den Druck. Mit der anderen Hand greift er mir in die Eier und drückt zu. »Kleiner Schisser.«

Ein stechender Schmerz durchzuckt mich. Ich kämpfe gegen die Tränen. Bloß nicht heulen! Das macht alles nur noch jämmerlicher. Ich habe keine Angst vor Linus, sondern bin einfach unfassbar wütend. Wütend auf mich selbst, weil ich mich nicht gegen dieses Arschloch wehre. Doch das würde es nur schlimmer machen. Ich schlucke meine Wut runter. Hinter Linus sehe ich verschwommen die Gesichter der anderen, die mich hämisch angrinsen.

Zum Glück öffnet sich in diesem Moment die Tür zum Flur und jemand kommt rein. Abrupt lässt Linus mich los und zieht sich ein wenig zurück. Zum ersten Mal gucke ich ihm jetzt direkt in die Augen und konzentriere mich auf die Pupillen. Sie wirken wie bei einem Raubtier, zumindest bilde ich mir das ein. Noch einmal schnellt Linus' Hand vor und stoppt kurz vor meinem Magen. Ich zucke zusammen, was Linus mit einem zufriedenen Lachen quittiert. Dann verziehen sie sich endlich. Ich lehne an der Klowand und warte, bis ich sicher bin, dass sie weg sind.

Erst dann wage ich es wieder, richtig durchzuatmen. Ich kann nicht verhindern, dass ich dabei klinge, wie jemand, der ertrinkt. Die Übelkeit verzieht sich nur langsam. Ich stemme mich mühsam von der Wand ab, streiche meine Klamotten glatt und verlasse die enge, stinkende Kabine. Vor mir steht ein Schüler aus der Zehnten. Schnell dränge ich mich an ihm vorbei und lasse kaltes Wasser über meine Handgelenke laufen. Vielleicht sollte ich heute einfach nicht mehr in den Unterricht zurückgehen. Der Zehntklässler lehnt sich neben dem Waschbecken an die Wand. Er soll mich bloß in Ruhe lassen. Wie heißt er noch? Tom oder Tim oder so? Einer der Loser. So wie ich.

»Ist alles in Ordnung?«, fragt er.

»Alles bestens.«

»Haben die dich in die Zange genommen?«

»Was geht's dich an?«

»Bleib mal cool. Ich tue dir nichts. Ich heiße übrigens Tim.«

Tim also. Er lächelt.

»Das war nicht das erste Mal, oder?«

Ich schüttele den Kopf und merke, wie mir die Tränen kommen. Jetzt bitte nicht heulen, denke ich und reiße mich irgendwie zusammen.

»Passiert ständig.«

»Irgendwann musst du dich wehren.«

»Wozu?«

»Um denen klarzumachen, dass sie Idioten sind.«

»Ja, sicher. Als würden sie das jemals kapieren.«

Tim nickt nachdenklich und sagt: »Dann eben, um dir selbst klarzumachen, dass du besser bist.«

»Ich bin nicht besser.«

»Gehst du mit anderen so um, wie die dich behandeln?«

Ich schüttele wieder den Kopf.

»Siehst du: Dann bist du schon besser als die.«

»Und was genau soll ich deiner Meinung nach tun? Zuschlagen?«

Tim lacht. »Nein. Du bist ja nicht Karate Kid, oder? Hör mal, ich habe den ganzen Mist auch schon erlebt. Ich erzähle dir vielleicht demnächst mal, wie ich das gemacht habe. Okay?«

Ich nicke unsicher. Was soll mir das bringen? Ein Gespräch von Loser zu Loser. Er gibt mir seine Handynummer und ich gehe zurück in die Klasse.

Ende der Leseprobe

Neugierig geworden?
Mehr Informationen findest du auf der nächsten Seite.

Die Karte ist nicht das Gebiet - *Freundschaft, Verbrechen und wie man herausfindet, wer man ist*

ab 13 Jahren

Paperback
220 Seiten
ISBN 978-375-267-311-1
15 Euro

Auch als E-Book erhältlich

Ein Leben ohne Karte

»Du guckst den Leuten nur vor den Kopf. Was sich wirklich in ihnen abspielt, weißt du nicht«, sagt Johans Oma. Na toll, das passt ja: Sein bester Freund hängt plötzlich lieber mit Idioten rum als mit ihm und Johan kapiert nicht, warum. Zum Glück sind bald Ferien. Doch im Urlaub kommt sein Kompass völlig durcheinander: Der obercoole Paul bringt ihn mit seinen sexuellen Anspielungen echt ins Schwitzen und Johan muss sich der Frage stellen, ob er lieber Mädchen oder Jungs küssen will.

Als wäre das noch nicht genug, wird auch noch ihre Pension völlig zerstört. War das bloß ein Unglück oder hat da jemand absichtlich seine Finger im Spiel gehabt?

Jungs oder Mädchen, Verbrechen oder Unglück, Schuld und Sühne – Johan muss die Landkarten seines Lebens neu zeichnen und herausfinden, wer er ist und was er will.